BEYROUTH 2020
suivi de
CETTE ROUTINE DU DÉSASTRE

DU MÊME AUTEUR

HISTOIRE DE LA GRANDE MAISON, Le Seuil, 2005 ; Points, 2006.
CARAVANSÉRAIL, Le Seuil, 2007 ; Points, 2012.
NOS SI BRÈVES ANNÉES DE GLOIRE, Le Seuil, 2012.
LE DERNIER SEIGNEUR DE MARSAD, Le Seuil, 2013 ; Points, 2014.
VILLA DES FEMMES (prix Jean Giono), Le Seuil, 2015 ; Points, 2016.
L'EMPEREUR À PIED, Le Seuil, 2017 ; Points, 2018.
DES VIES POSSIBLES, Le Seuil, 2019 ; Points, 2020.
BEYROUTH 2020. JOURNAL D'UN EFFONDREMENT (prix spécial du jury Femina), Actes Sud, 2020 ; suivi de *CETTE ROUTINE DU DÉSASTRE. BEYROUTH, ÉTÉ 2021, JOURNAL INTERMITTENT*, Babel n° 1811.
DERNIÈRE OASIS, Actes Sud, 2021.

ISBN 978-2-330-16353-2

CHARIF MAJDALANI

BEYROUTH 2020

Journal d'un effondrement

suivi de

CETTE ROUTINE DU DÉSASTRE

Beyrouth, été 2021,
journal intermittent

BABEL

BEYROUTH 2020

Journal d'un effondrement

1

Nous avons marché lui et moi jusqu'aux oliviers. Il y en avait trois, et de petits chênes verts. À l'horizon, à l'est et au sud, on voyait les crêtes des montagnes, et sur les deux autres côtés, c'était assez vaste pour que les limites de la parcelle ne soient pas perceptibles. Le gaillard m'en avait proposé une autre, d'où on voyait la mer, et je lui avais répondu que je ne voulais pas voir la mer. Je la vois assez, tous les jours, et tant qu'à être dans la montagne, autant voir les sommets, et dessus, la nuit, le baldaquin du ciel et son ballet d'étoiles. Je crois qu'il ne comprenait rien à ce que je lui disais. Il était sanglé dans une sorte de gilet, et dessous une chemise boutonnée jusqu'au menton, alors qu'il commençait à faire chaud. Lorsque nous avons dépassé les oliviers, marchant dans les herbes sèches qui cachaient parfois les restes de sillons durcis, en direction des ruines d'un petit cabanon que j'aurais envie de faire restaurer, il m'a demandé s'il était envisageable que je lui paye en cash. J'ai éclaté de rire, en lui demandant d'où il pensait que je pourrais lui trouver des dollars en cash. Il n'a pas commenté, nous étions convenus d'un règlement par chèque. Il a juste tenté sa chance. Il y a quelques jours, j'ai interrogé

Jad sur les raisons qui poussent certains propriétaires à vendre des biens contre des chèques bancaires et il m'a répondu que c'est le plus souvent parce qu'ils ont des dettes qu'ils souhaitent rembourser au plus vite, avant l'effondrement complet de la livre. Moi, en revanche, je ne veux plus avoir un sou à la banque.

À mon retour, Mariam m'a annoncé que la machine à laver faisait un drôle de bruit. Et en effet, elle faisait un bruit inquiétant, une espèce de claquement régulier, presque cadencé, au rythme des tours du tambour. Je l'ai pourtant fait réparer il y a quelques jours, avant-hier, même. J'ai appelé le réparateur, qui n'a pas répondu, évidemment. Ces détails du quotidien sur lesquels nous sommes impuissants m'agacent et me mettent en colère. On se met vite en colère, ces temps-ci.

Sur les réseaux sociaux, la même chose, inlassablement, jusqu'à la nausée. L'effondrement économique, la ruine du pays, le contrôle des capitaux, les taux de change et la livre en chute libre, l'inflation, la pénurie qui guette.

2

Nous n'avons trouvé de place dans aucun des pubs de la rue Badaro. Seuls deux d'entre eux sont fermés. Les autres sont bondés. Finalement, Marylin, la manageuse de Super Vega, nous a débrouillé une table pour quatre, et nous nous sommes serrés, parce que nous étions six. La distanciation sociale est parfois une vue de l'esprit. La musique était jolie et, à la table d'à côté, un groupe de jeunes femmes riait à tue-tête. En voulant prendre son sac pendu au dossier de sa chaise et presque collé au siège de Pierre, l'une d'entre elles a donné un coup de coude dans mon verre de margarita, qui s'est renversé sur moi. Elle a voulu s'excuser, s'est levée, était prête à me tamponner la chemise, mais s'est arrêtée d'un coup en s'apercevant de l'ambiguïté de son geste. Durant la soirée, elle s'est retournée fréquemment pour partager notre conversation, avec une curiosité évidente, s'amusant de nos plaisanteries et des jeux de mots de Joy. Nous lui avons adressé la parole à plusieurs reprises, pour l'inviter à se retourner complètement, ce qu'elle a fini par faire. Progressivement, notre table et celle qu'elle partageait avec ses amies n'en ont plus fait qu'une. L'une de ses amies nous a raconté qu'elle avait vécu en France puis avait décidé de rentrer définitivement. Elle avait vendu pour cela le seul bien qu'elle possédait, un appartement à Paris. Avec cet argent, elle projetait de monter une petite affaire ici. Mais depuis, cet argent est devenu inaccessible, et elle a l'impression qu'elle n'a plus rien, comme la plupart d'entre nous. Cela la faisait presque rire. Lorsqu'elle a su que Nayla, ma femme, était psychothérapeute, elle a voulu savoir s'il était normal qu'elle ne ressente pas davantage d'angoisse à l'idée d'avoir tout perdu, et ne s'occupe plus que de cuisine, et par exemple, depuis quelques jours, des diverses et insoupçonnables utilisations du sumac, pour accommoder les œufs au plat, certes, mais aussi l'espadon rôti et la raie.

— Vous trouvez des raies, ces temps-ci ? a demandé Pierre, stupéfait comme nous tous.

— Non, a-t-elle répondu. Je fais des recettes virtuelles.

3

1er juillet

Je passe ma journée à courir d'une banque à l'autre, à convertir des dollars en livres selon le taux officiel, puis à comparer ce dernier à celui des banques, puis à celui des changeurs, puis à celui du marché noir, à faire des calculs, à planifier des dépenses moitié en chèque, moitié en liquide, avant de m'embrouiller et d'envoyer tout paître. Ma femme m'a dit l'autre jour que si l'ensemble de la population déployait plus utilement une part seulement de l'énergie qu'elle met à essayer de se dépêtrer du piège où elle est prise à cause de la banqueroute de l'État et des banques, on parviendrait à redresser le pays en quarante-huit heures.

4

La machine économique est moribonde, les commerces sont au bord de la ruine et pourtant, depuis le matin, une activité effrénée s'empare de la ville, comme aux plus beaux jours de son opulence subitement passée. Les embouteillages ne sont pas pires que naguère, bien que les feux de signalisation se soient éteints avec la pénurie de courant électrique. Là où il y en a encore, incompréhensiblement, les agents de la circulation encouragent les automobilistes à les brûler, à grands gestes rageurs, faisant rouler tout le monde en même temps, comme s'ils mettaient un soin qui relève de la revanche à rappeler que l'ordre ne règne plus, alors pourquoi respecter encore ces foutus derniers feux survivants. Les automobilistes en restent pantois. Certains, comme moi, résistent, sous le regard hargneux des agents qui semblent conscients et honteux d'être devenus les représentants du désordre général et de la faillite de l'État, et qui en rajoutent, comme on achève avec fureur de casser un objet auquel on tient pour se punir de l'avoir inconsidérément ébréché. J'en ai parlé à ma femme, en rentrant, elle n'a pas paru touchée par les sentiments que je prête aux agents. Elle ne les aime pas et considérait déjà avant la crise qu'ils sont plutôt fauteurs d'embouteillages qu'autre chose, que là où ils se trouvent ils compliquent la situation, que la circulation urbaine est comme un fait de nature, elle finit toujours par se réguler d'elle-même, et que l'intervention humaine ne fait que la perturber et la rendre plus compliquée.

5

2 juillet

Le hasard a quelque chose de romanesque, voire de tragique. C'est il y a cent ans exactement, en 1920, que l'État libanais a été fondé, et on ne peut que rester rêveur devant l'ironie du sort qui fait advenir la ruine d'un pays à la date même de sa naissance, et au moment même où l'on s'apprête à en célébrer le centenaire. Jusqu'où remonter sur ces cent années, dans la généalogie du désastre ?

6

Le Liban, l'arrogante petite Suisse qui se prenait pour l'héritière d'une nation antique, voire biblique, s'effondra une première fois en 1975, après trente ans que l'on a tendance aujourd'hui à magnifier. Ce furent pourtant trente ans de luttes, de conflits, de guerres larvées pour définir l'identité du pays. Les chrétiens le considéraient comme leur et fondé pour eux, et refusaient d'en partager le pouvoir réel avec les musulmans. Ces derniers exigeaient leur part de pouvoir, tout en rêvant d'unir le pays aux grands projets arabistes et nassériens. Ils s'allièrent aux organisations armées palestiniennes. Les chrétiens y virent une menace existentielle, s'armèrent aussi et tout partit en morceaux.

Nulle part ailleurs, pourtant, et malgré ces dissensions, les Trente Glorieuses ne méritèrent si évidemment leur nom que dans le Liban de ce temps-là. Tant à cause des dates (1945-1975, soit les trente années de vie de la Ire République libanaise qui succédaient aux vingt-cinq indolentes années du Mandat français) que pour les sommets atteints dans l'opulence du Liban de cette époque. Les cabarets et les clubs de Beyrouth étaient alors les plus célèbres de tout l'Orient. Dans les salles de théâtre et au Casino du Liban chantaient Dalida, Brel ou Louis Armstrong, tandis que dans le décor des immenses temples de Baalbek, Klemperer dirigeait les symphonies de Beethoven et Zeffirelli montait *Le Couronnement de Poppée* de Monteverdi. Belmondo faisait des cabrioles en compagnie de Jean Seberg dans les couloirs de l'Hôtel Phœnicia, Aragon dormait à l'Hôtel Palmyra, les espions de tous les pays se donnaient rendez-vous au bar fameux de l'Hôtel Saint-Georges dessiné par Jean Royère, alors que Niemeyer bâtissait la foire de Tripoli sur le modèle de Brasilia. Mais tout cela ne plut guère à Brigitte Bardot qui, après avoir tourné dans Beyrouth, décréta qu'elle était déçue, c'était trop occidental à son goût. Elle pensait sans doute trouver des chameaux, des ânes et des almées autour de bassins décorés à la mauresque. Or non, c'est le rock et le twist que l'on dansait, le ski nautique et les minijupes faisaient fureur, et tout cela atteignit un paroxysme au début des années 1970, juste avant l'effondrement, alors que par ailleurs, dans les banlieues et autour des camps, des batailles rangées se déroulaient entre les milices palestiniennes et celles des partis chrétiens et que le Sud du pays échappait au contrôle de l'État. Nous étions alors comme les habitants qui vivent au pied d'un volcan, qui cultivent leurs terres si fertiles, travaillent à s'enrichir, passent du bon temps en entendant les rugissements réguliers depuis les entrailles de la terre et des tremblements sous leurs pieds mais n'en ont cure, haussent les épaules, prétendent que ça a toujours été comme ça et que ça le sera encore longtemps. Jusqu'au jour où tout est emporté.

7

Le déclenchement de la guerre civile de 1975 fut comme le solde de tous les comptes et les mécomptes de cette Ire République libanaise. Durant les premières années du conflit, les milices se battirent dans une sorte de consentement populaire, on en considérait les membres comme des héros sacrifiant leur destin et leur vie pour le bien commun ou pour des idées, ici la défense de l'identité libanaise, là l'exaltation de la grandeur de son arabité. Mais les choses ne durèrent pas. Les interventions syriennes dès 1979, puis israéliennes en 1982, le bouleversement de l'échiquier que cela entraîna et surtout la durée du conflit transformèrent fatalement les premiers groupes armés en milices régulières, puis en quasi armées professionnelles. Le comportement des combattants changea aussi, et nombre des premiers volontaires sur les champs de bataille renoncèrent à poursuivre le combat avec la progressive perte de vue des idéaux initiaux. Les jeunes gens enthousiastes des débuts cédèrent progressivement la place à des sortes de soldats de métier. L'osmose avec la population se relâcha puis une véritable hostilité à l'égard des milices commença à se dessiner, d'un côté comme de l'autre, et dans les deux camps identiquement, sans que cette hostilité pût se manifester au grand jour. Très naturellement aussi, les hommes politiques historiques, les chefs de la Ire République qui furent aussi les premiers acteurs de cette guerre, Pierre Gemayel, Camille Chamoun, Kamal Joumblatt ou Saeb Salam, se trouvèrent progressivement débordés ou éliminés, puis remplacés par une nouvelle génération non plus de politiciens mais de chefs de guerre, Samir Geagea, Elie Hobeika, Walid Joumblatt ou Nabih Berry. Leurs diverses milices et l'innombrable clientèle qu'elles laissèrent grossir dans leur orbite mirent durant une décennie le pays en coupe réglée, par le racket, les trafics divers, le contrôle des structures à moitié ruinées de l'État et notamment de ses ports et aéroports. Ce qui explique pourquoi le surgissement du général Aoun, commandant en chef de ce qui restait de l'armée légaliste, eut un tel retentissement, et pourquoi tant d'enthousiasme s'agrégea autour de sa personne. Ce matamore imprudent et maladroit promit, dans des discours aussi fameux que fumeux, de nettoyer le Liban des milices, puis de la présence syrienne. Mais au lieu d'y parvenir, il ne fit, au terme de batailles sanglantes et inutiles, qu'achever de ruiner le pays, d'unir contre lui l'ensemble des milices aux côtés des Syriens et de permettre à ces derniers de le chasser et de mettre la main sur l'ensemble du pays, en y décrétant la fin de la guerre.

8

3 juillet

Il y a quelques jours, Saria, ma fille, a obtenu son permis de conduire dans les conditions les plus absurdes, l'absence d'électricité dans le centre d'examen l'ayant empêchée de passer le test du Code de la route. Elle s'entraîne quotidiennement, en me conduisant pour mes courses diverses. Elle se débrouille bien dans l'embarras qu'imposent l'extinction des feux de signalisation et l'attitude bizarre des agents, mais redoute le tunnel qui descend vers la mer et qui, à cause de la fin de l'alimentation électrique, est d'une noirceur opaque et terriblement dangereuse. Je lui indique parfois en passant certains détails cocasses de notre quotidien désormais, et hier, en l'occurrence, en passant devant une grande banque, l'incroyable barricade qui la ceignait comme une place forte. Elle me pose des questions sur la situation, sur son avenir et sur la possibilité que nous la laissions partir pour l'étranger l'an prochain afin de poursuivre ses études, à l'image de nombre de ses amies. Le rêve de départ des jeunes comme elle, pourtant attachés au pays jusqu'à récemment, est un des sujets les plus glaçants et les plus embarrassants.

Mais hier, nous parlions d'autre chose, je venais de lui expliquer, à sa demande, certains éléments complexes de notre histoire récente, et notamment de la guerre civile, et elle me surprit en déclarant qu'en définitive et pour résumer, cette longue et complexe guerre entre Libanais avait donc été remportée par… les Syriens. J'en ai bien ri, et lui ai en même temps concédé que ce singulier paradoxe contenait en effet toute la vérité. À la fin du conflit armé, ceux qui sortirent gagnants furent, dans chaque camp, ceux qui avaient été les plus proches des Syriens ou avaient misé sur eux ou cherché leur appui à un moment ou à un autre. Hobeika, Berry, Joumblatt ou les chefs du Hezbollah, ces hommes "nouveaux", qui avaient déjà ruiné le pays durant le conflit, allaient désormais pouvoir se partager le fabuleux gâteau de la reconstruction, à condition de livrer leur quote-part aux chefs militaires syriens. Accompagnés de leurs anciens états-majors guerriers et de la vaste clientèle qui s'était formée autour d'eux, s'autoamnistiant lors d'un vote mémorable du premier Parlement de l'après-guerre, ils entamèrent l'installation du vaste réseau de noyautage de l'État nouveau.

9

C'est dans le principe même de cette IIe République, et dans la mutation des chefs de guerre en "hommes politiques", qu'étaient inscrits les gènes du deuxième effondrement. Dès les premiers instants, et dans la griserie du retour de la paix et d'une fabuleuse opulence attendue, se mit efficacement en place le tentaculaire et gigantesque système de détournement des sommes allouées à la réédification du pays. Très vite se trouva rodée la mécanique des adjudications douteuses, du racket institutionnel, des délits d'initiés, des fausses factures, de la corruption, des complicités à tous les échelons d'un État désormais remis sur pied pour l'enrichissement de ceux qui le colonisaient et de ceux qui en étaient les tuteurs étrangers. Les chantiers inutiles se multiplièrent en donnant l'impression d'une ruche au travail, les caisses noires devinrent une routine, ainsi que les services rendus et les retours d'ascenseurs, les quotes-parts, les partages des projets, la clientélisation des communautés, les emplois fictifs.

Un seul véritable nouveau venu à ce moment au milieu des chefs de guerre convertis fut l'homme d'affaires Rafic Hariri, nommé Premier ministre après un accord passé entre Saoudiens (grands financeurs de la reconstruction) et Syriens (garants de la paix et occupants officieux du Liban). Il arriva avec de véritables ambitions de bâtisseur, malgré ses goûts douteux dans l'urbanisme qui faillirent transformer Beyrouth en une sorte de mégapole à la manière des émirats du Golfe. Je ne sais jusqu'à quel point il laissa faire, jusqu'à quel point il y fut contraint. Il usa apparemment de moyens fort peu démocratiques pour dépouiller les propriétaires du centre-ville, s'octroya quelques privilèges et caisses parallèles et fit entrer le Liban dans l'endettement. Il fut surtout tenu de composer avec les anciens chefs de guerre devenus ses pairs et soutenus par les Syriens, et dut leur concéder à son corps défendant d'énormes prébendes au sein des administrations et de faramineuses adjudications. Mais cela ne suffit pas, il n'était pas assez docile. Son assassinat en 2005 déclencha ce que l'on a rarement décrit (mais qui l'était pourtant) comme la première véritable révolution arabe. Des millions de Libanais dans les rues poussèrent l'occupant syrien hors des frontières. On crut alors naïvement que l'on était en train de se débarrasser des principaux vecteurs de l'immense corruption qui minait l'État, et que tout allait désormais s'arranger, que cette IIe République allait enfin se mettre au service des citoyens. Les ennemis de la Syrie sortirent de l'ombre, le matamore Aoun revint et ses partisans virent en son retour celui du Messie, ou de de Gaulle après l'Occupation. Las, les politiciens de tous bords, anciens alliés de la Syrie maintenus à leurs postes et nouveaux venus, reconduisirent très vite leurs alliances ou en créèrent de nouvelles, qui n'eurent d'autre but que de conserver l'emprise de cette oligarchie sur les rouages d'un État qui continuait à rapporter gros, très gros.

10

Tout cela tint trente ans. Il y a peut-être décidément dans les dates qui émaillent l'histoire de ce pays quelque énigme à déchiffrer. Parce que trente ans, c'est aussi le nombre d'années qui avaient été nécessaires pour que la Ire République s'effondre. Trente Nouvelles Glorieuses, de 1990 à 2020, réduplication des premières, celles du troisième quart du XXe siècle. Beyrouth devint à nouveau à ce moment la capitale de la vie nocturne et de la fête de tout l'Orient et peut-être de tout le pourtour de la Méditerranée. On y voyait plus de Porsche et de Maserati que dans Beverly Hills. Il était bon d'y être riche, mais on pouvait le devenir dans l'art et le design autant que dans les affaires et l'immobilier, les banques offraient de si faramineux taux d'intérêt que c'était l'eldorado des rentiers. On ne produisait plus rien, l'agriculture était à l'abandon, l'industrie inexistante, on vivait sur les importations, et le gouvernement, afin de développer encore les grands projets, prit la décision d'emprunter en dollars américains aux banques locales, à des taux absurdes. La dette grimpa à trente milliards, puis à quarante, puis à cinquante, et ses intérêts seuls égalèrent puis dépassèrent le PIB. Mais Alagna chantait à Beiteddine, Plácido Domingo à Baalbek et l'élection de Miss Europe se déroulait au Liban. Une nouvelle fois, ce fut la danse au pied d'un volcan qui grondait et dont on refusait d'entendre les menaces, ou sur les bords du gouffre dans lequel on finit par tomber.

11

4 juillet

Le réparateur est venu jeter un coup d'œil sur la machine à laver. Il a admis qu'il y avait un bruit, il l'a ouverte, et là, surpris, il découvre qu'il y avait laissé un énorme tournevis, responsable du cliquetis infernal que faisait la machine au rythme de la rotation de son tambour. Il a ri et m'a raconté qu'il avait un cousin dans le ventre duquel un chirurgien avait oublié un bistouri. Puis il a ajouté que c'était heureux, parce que si j'avais eu à acheter une pièce de rechange, elle aurait coûté autant que le prix que j'aurais payé il y a six mois pour acheter deux machines à laver, ou trois. Je suis las de ces incessantes images par lesquelles mes compatriotes illustrent la dévaluation de la monnaie et l'inflation. Mais j'ai fait bonne figure, j'en ai même rajouté. Je lui ai rapporté qu'un peu plus tôt, à la banque, j'avais vu pour la première fois un gars avec deux énormes sacs en plastique de supermarché bourrés de liasses de billets de banque libanais.

12

Cet après-midi, en revenant d'accompagner Nadim, mon fils, chez un de ses amis français qui rentre définitivement dans son pays, je me suis trouvé au milieu d'une manifestation de Soudanais qui protestent contre l'apathie de leur ambassade et son peu d'empressement à les rapatrier. La plupart n'ont plus de travail, ou ne gagnent plus qu'une misère à cause de la dévaluation. Ils sont apparus soudain, ils étaient plusieurs centaines, encerclant les automobiles au carrefour, non loin de leur représentation diplomatique. J'ai reconnu ceux qu'on appelle les Arabes, mais aussi les immenses Dinka du Sud, et les gars du Darfour, et c'était assez insolite. Il paraît que, devant l'ambassade d'Éthiopie, les jeunes femmes licenciées ou qui ne veulent plus travailler pour si peu et incapables d'envoyer de l'argent chez elles dorment sur le trottoir parce qu'elles n'ont plus où aller, en attendant d'être rapatriées.

En arrivant, j'ai observé mon concierge sri-lankais. Il était au milieu du petit jardin devant l'immeuble dont il prend un soin méticuleux. Il a rendu leur vigueur aux gardénias, aux hibiscus, il a adroitement taillé les néfliers. Chaque fois qu'une plante se meurt sur notre terrasse, nous la lui donnons et, quelques jours après, nous la retrouvons resplendissante. Ce matin, il s'occupait des rosiers. Il m'a fait penser au professeur Tournesol et à ses roses blanches. Ou même, par son indifférence à la tourmente, alors que son salaire ne vaut plus rien et que les lendemains pourraient lui être encore plus difficiles, à ces poètes persans s'occupant de leurs roseraies tandis que les hordes mongoles s'apprêtent à déferler sur Ispahan et Tabriz.

13

Nous sommes sortis tard, ce soir, ma femme et moi, de Super Vega. Nayla, qui est toujours joyeuse le soir, chantait les chansons de son répertoire incongru des années 1930 françaises. Tout le long de la rue, les pubs étaient comme de grands îlots de lumière étale jusqu'au bord des trottoirs, d'où fusaient les babils et les rires. Mais, une fois dépassé le dernier d'entre eux, comme au sortir d'une ville ancienne après laquelle c'est la forêt, c'était la nuit noire. Il n'y a plus d'électricité du tout depuis quelques jours. Quand on tend l'oreille, on s'aperçoit que le ronron des générateurs peuple la nuit jusque dans ses tréfonds. On s'y est accoutumés, il est devenu comme une part de la texture même de l'obscurité. Certains générateurs s'arrêtent à minuit, d'autres pas. Quoi qu'il en soit, à partir de minuit, les rues deviennent des gouffres insondables, encre noire ponctuée par les lumières rouges des feux arrière des automobiles qui filent.

14

L'effondrement du secteur de l'électricité est le plus emblématique de la faillite générale de l'État. Durant trente ans, aucun des gouvernements successifs n'est parvenu ou n'a voulu parvenir à moderniser les réseaux et réformer l'ensemble de cette administration. Pourtant, des plans ont été proposés, et l'argent souvent débloqué, mais jamais pour résoudre une fois pour toutes le problème, juste pour des pis-aller, en attendant une entente entre les principaux chefs des divers pouvoirs sur le partage d'un gâteau en apparence impartageable. Selon les chiffres qui circulent, quarante milliards de dollars se seraient ainsi volatilisés entre chantiers de centrales qui se sont avérées inopérantes, importation opaque d'électricité de Syrie, location à des prix incontrôlables de centrales ambulantes turques. Quarante milliards de dollars qui auraient suffi à éclairer la moitié de l'Afrique, et qui n'ont pas permis, en trente ans, d'offrir autre chose que quelques malheureuses heures de courant quotidien à un aussi petit pays que le Liban. Entre-temps, il a bien fallu s'organiser. S'est ainsi progressivement développée une offre privée, celle des générateurs de quartier alimentant les maisons et les entreprises.

Comble de l'absurde : l'un des divers gouvernements qui se sont succédé a décidé, au début de 2019, de contrôler ces entreprises privées. Autrement dit, l'État s'est mis à réglementer et à taxer un service illégal instauré pour pallier ses propres carences. Manière de reconnaître sa faillite, par stupidité ou cynisme, et de s'en servir pour remplir des caisses publiques vides par le fait même de cette faillite.

Et depuis quelques jours, le courant a donc complètement disparu. Il n'y a plus d'argent et l'ouverture de crédits pour l'achat de mazout est devenue impossible. Quand finalement les autorités concernées en font l'acquisition, il se volatilise. "On se demande où passe le fuel que nous achetons", déclare, étonné, le ministre de tutelle. Autrement dit, en plein milieu de la crise, ce qui s'est évaporé, ce sont encore quelques dizaines de millions de dollars qu'on avait réussi à trouver en raclant les fonds de caisse.

15

6 juillet

En début de soirée, j'ai été pris dans un énorme embouteillage en revenant de chez l'avocat avec qui je travaille au contrat d'achat de ce terrain à la montagne. Dans une voiture qui roulait au pas à ma gauche, le conducteur discutait avec véhémence, en accomplissant de grands gestes, s'adressant à trois personnes assises à l'arrière, peut-être à cause du coronavirus. Le conducteur avait baissé son masque pour être plus à l'aise dans sa diatribe, ou dans l'histoire très animée qu'il racontait. Et à un moment, il a donné sans s'en apercevoir un coup dans une des manettes près de son volant et ses essuie-glaces se sont mis à aller et venir à très vive allure, comme s'ils avaient adopté le rythme de ses propos que je n'entendais pas, ou qu'ils battaient ironiquement la mesure sous son nez. Cela m'a évidemment rappelé Jacques Tati et j'ai aussi pensé que la conversation de l'homme devait forcément tourner autour de la crise, de son argent prisonnier de la banque, de l'inflation, du Covid-19. On ne parle que de ça, à longueur de journée, dans les salons, les bureaux, les taxis. Avant-hier, Nadim nous a demandé s'il était possible, pour une heure au moins, que nous ayons un autre sujet de conversation.

16

7 juillet

Mais finalement, de quoi puis-je être certain ? La toile de fond infernale sur laquelle se projettent nos gestes et nos activités désormais limitées, la pauvreté croissant à vue d'œil, la misère, les licenciements de masse, les suicides, tout ça est dessiné sans fin, de manière virtuelle, par les réseaux sociaux, les rumeurs, la presse. Seul l'impact direct sur moi de ce qui se passe témoigne qu'il se passe bien quelque chose. Or cet impact est certain, et se ressent dans l'inquiétude, l'angoisse, l'esprit en permanence occupé par des scénarios catastrophes, des doutes soudains sur la validité des choix face à la situation, devant nos comptes bancaires vides parce qu'on a tout investi dans des achats, ces investissements mêmes qui peut-être ne vaudront rien avant quelques années, et alors comment envisager notre avenir et celui des enfants dans un pays en ruine ? Lorsque je suis sur ma terrasse, en train d'écrire ces lignes, en face des montagnes, dans l'odeur des gardénias et les brassées de vent de juillet, je pourrais croire que tout est encore semblable à tous les autres juillets passés, que rien n'a bougé.

Les bruits de travaux au loin et celui des cigales dans les arbres sont ceux de l'éternelle routine du monde. Les pensées optimistes alors remontent du fond où elles avaient été reléguées, et c'est à nouveau la tentation du déni, celui qui nous a fait vivre trente ans si joyeusement. Après tout, nous allons encore au pub, nous dînons avec nos amis, ma femme travaille beaucoup, mon propre salaire n'a pas bougé, même s'il vaut six fois moins qu'il y a six mois. Mais il suffit de sortir en journée pour percevoir l'effet érosif de la crise qui, de proche en proche, refait affluer les pensées noires : les magasins que l'on a l'habitude de voir ouverts, ces lieux où l'on n'a jamais mis les pieds mais qui font partie de l'environnement coutumier et que l'on trouve fermés un jour, puis le lendemain, puis le surlendemain, avant que l'on comprenne qu'ils ne rouvriront plus ; les jeunes vendeurs dans les boutiques où l'on va, l'employé de banque avec qui l'on a instauré une sorte de relation quasi amicale, tous ceux-là qui composent aussi un monde familier et que l'on ne voit plus à leur place, qui n'y réapparaîtront plus parce qu'ils ont été licenciés. Cela ressemble à un deuil, un deuil feutré, presque en sourdine, répétitif, épuisant.

17

Je revois le moment où tout a commencé, au début de l'automne passé. Il y avait déjà des rumeurs insistantes, inquiétantes. Elles portaient sur la faillite de l'État, et sa possible mainmise sur les dépôts bancaires. Puis la suspicion a progressivement porté sur les banques elles-mêmes. Mais c'était comme les catastrophes lointaines dont on lit les détails dans les journaux et dont on est persuadé qu'elles n'arriveront pas jusqu'à nous. Les derniers effets du déni trentenaire. Un matin, j'ai finalement été à la banque, mais sceptique, dubitatif, refusant inconsciemment d'admettre que le désastre annoncé était bien là. Au guichet, comme à l'accoutumée, sans aucune hésitation, avec même aussi quelque chose d'amusé, d'entendu, j'ai demandé à retirer une somme qui n'avait rien d'exorbitant (six mille dollars, je m'en souviens, trois mille sur chacun des comptes d'épargne de mes enfants). Je n'en avais pas besoin, mais c'était pour me rassurer, pour vérifier que c'était possible. Je m'attendais même au sourire habituel de l'employé, et pour l'occasion à un échange de regards complices signifiant que nous n'étions pas dupes, ni lui ni moi, des rumeurs dangereuses qui circulaient, et que l'argent était disponible, et en quantité, comme d'habitude, naturellement. Or, au lieu de ça, j'ai entendu le jeune gars, un peu embarrassé mais cherchant à paraître naturel, comme s'il me tenait au courant d'un petit souci passager, d'un ennui technique, une panne d'ordinateur ou une embrouille à la caisse, répondre que, hélas, ce n'était pas possible, six mille, c'était beaucoup, il ne pourrait pas me donner l'ensemble de la somme, il préférait que je la sorte en plusieurs retraits, espacés si possible, et j'ai compris à cet instant que nous étions bel et bien entrés dans ce que je ne voulais jusque-là prendre que pour une vilaine fiction.

18

Au commencement, dans les banques, les clients, privés de leur argent, en butte au refus de leur droit le plus strict de le retirer en fonction de leurs besoins ou à leur guise, incapables de comprendre ou d'entendre raison, sont entrés dans des colères souvent filmées par d'autres clients et versées sur les réseaux sociaux. On peut revoir ces scènes qui ont meublé notre quotidien sur les sites des militants et des opposants. À longueur de journée, c'étaient des cris de rage impuissante, des menaces contre les employés, des assauts contre les bureaux des directeurs d'agence, des tentatives d'immolation par le feu, puis des palabres sans fin avec des retraités, des petits épargnants désespérés, des mères de famille, des agriculteurs, des ouvriers. Progressivement, les banques se sont offert une porte de sortie en autorisant des retraits limités, dans la seule monnaie locale, à un taux supérieur au taux officiel mais inférieur de moitié à celui du marché noir, qui est en fait seul véritable critère des échanges. Autrement dit, dans chaque transaction, le citoyen perdait, et perd encore, la moitié de son argent, soit directement s'il va l'échanger tout de suite, ce qui est le cas de tous les entrepreneurs et de tous les commerçants qui se fournissent en matières premières et en produits en dollars américains, soit indirectement puisque, pour les mêmes raisons, tout ce qui s'achète a vu son prix doubler.

19

Selon le *Financial Times*, *The Economist* et d'autres revues et quotidiens spécialisés, les banques libanaises auraient mis en place durant trois décennies de vertigineuses pyramides de Ponzi, cette ingénierie financière totalement illégale qui consiste à offrir d'énormes taux d'intérêt à des déposants, taux d'intérêt entièrement et exclusivement puisés dans les dépôts des clients suivants, autrement dit sans aucune politique d'investissements. Tant que les déposants existent et confient leur argent aux banques qui pratiquent ce genre de procédé sans jamais le déclarer et en mentant à leurs clients, le système fonctionne. Mais dès que les déposants commencent à faire défaut, le système se fissure, prend l'eau puis sombre inévitablement. La catastrophe aurait commencé à se produire lorsque les grandes monarchies du Golfe n'ont plus alimenté leurs comptes faramineux au Liban, puis lorsque l'aide internationale a cessé d'affluer, à cause de l'évidente corruption des milieux politiques. Les banques ayant par ailleurs accordé d'énormes crédits à l'État qui s'est trouvé incapable de les rembourser (l'argent prêté n'ayant par ailleurs jamais été utilisé pour le bien public mais disparaissant systématiquement dans les trous noirs des sociétés écrans des hommes au pouvoir, de leur clientèle politique et des caisses parallèles), l'ensemble du système bancaire s'est effondré.

Les mêmes sources confirment que, dès l'instant où les premiers craquements se sont fait entendre, des milliards de dollars ont été sortis de comptes privés, rattachés pour la plupart à des fortunes constituées probablement à la faveur de la corruption et de l'affairisme. Même après que les banques ont interdit les transferts à l'étranger, prenant au piège l'argent des déposants les plus modestes, et alors que des milliers de citoyens piétinaient devant les guichets hostiles en quémandant cent ou deux cents dollars de leur propre épargne, six milliards étaient encore sortis frauduleusement vers les paradis fiscaux. Nul ne saura à qui ils appartiennent, ni qui a autorisé leur sortie.

20

8 juillet

Aujourd'hui, sur la corniche de Mazraa, un gros camion de la municipalité, une sorte de mastodonte portant une citerne, elle-même montée sur de gros balais rotatifs, avançait au pas en aspergeant et en balayant circulairement et très cérémonieusement le bord du trottoir. Ou plus justement le bord des vieilles plates-bandes au milieu de la chaussée, où plus rien n'était planté depuis des lustres (un témoin de plus de l'incompétence ou de la corruption des autorités municipales). Cela m'a rappelé les premiers temps de la guerre civile. Alors que des mitraillades s'entendaient pas très loin de chez nous et que de temps à autre le ronflement d'explosions faisait vibrer les murs, signe que des combats se déroulaient du côté du rond-point Tayyouné, à cent mètres à vol d'oiseau, le gardien de nuit faisait sa ronde dans le quartier et passait sous nos fenêtres avec son uniforme, son vieux fusil à deux coups et son sifflet.

21

L'indexation de la livre libanaise, donc de toute l'économie, au dollar américain et la dollarisation du marché qui s'est ensuivie ont fait que, durant des décennies, on pouvait acheter et vendre aussi bien dans une monnaie que dans l'autre, le taux de change entre les deux étant stable. Mais maintenant, la multiplication des taux rend le quotidien littéralement surréaliste. Les écoles, les assurances, les médicaments, l'essence et même les restaurants ont conservé les cours officiels d'avant la crise. Tout le reste est variable, si bien que lorsqu'on entre dans un commerce, on ne demande plus combien coûtent les produits en vente, mais quel taux de change y est pratiqué. C'est si absurde qu'en y réfléchissant, je m'aperçois que j'ai payé l'assurance de la maison pour l'équivalent du prix d'une bouteille de téquila, mais que l'achat d'un nouvel écran pour l'ordinateur de ma fille m'est revenu plus cher que les frais de scolarité annuels pour elle et son frère.

22

Nous dînons sur la terrasse, avec Nadine, Paula et Camille. La dernière fois que nous avons mangé ensemble ici, c'était il y a près d'un an, la veille du déclenchement de la révolution du 17 octobre, dont on a pensé qu'elle viendrait à bout de la classe politique. Nous évoquons souvent cette soirée où nous étalions notre scepticisme sur la possibilité d'une réaction populaire face au naufrage annoncé. Quelques jours auparavant, de gigantesques incendies dans la montagne n'avaient pu être maîtrisés, parce que les Canadair neufs acquis par le gouvernement l'année précédente n'avaient pu décoller. Après une série de balbutiements et de justifications absurdes, il était apparu que l'ensemble du budget destiné à la maintenance de ces appareils avait disparu, s'était volatilisé. Aucun responsable n'avait été inquiété, mais une semaine après, pour une autre raison bien plus futile, l'insurrection populaire démarrait. Nous en sommes loin, ce soir, même si certains pensent que la braise couve sous les cendres. Une brise se lève de temps à autre, un croissant de lune plus fin qu'une lame de cimeterre semble posée sur les branches de l'araucaria, en face de nous, dont Pierre Michon m'a appris il y a quelques années qu'on l'appelle "désespoir des singes", à cause du piquant de ses branches. J'ai rapporté cette information à Jean Rolin, un soir qu'on veillait là, avec Christophe Boltanski et ma femme. C'était la guerre de 2006, Rolin était à Beyrouth pour *Le Nouvel Observateur* et pour son livre sur les chiens errants, et Boltanski pour *Libération*. À quelques centaines de mètres commençaient la banlieue sud et les quartiers du Hezbollah, plongés dans l'obscurité la plus totale, ce qui faisait de la terrasse illuminée où nous veillions comme le dernier point habité du monde avant les ténèbres et le silence.

Ce soir, il n'y a ni guerre ni destructions, mais l'absence d'électricité donne la même impression de ténèbres. Pourtant, un réverbère inexplicablement éclairé dans la rue, insolite, fait jaillir au cœur de l'obscurité les couleurs pourpre, rose, rouge et mauve d'un grand bougainvillier. Les générateurs ronronnent dans le fond de la nuit, couverts par les éclats de voix de nos conversations. Un coup de vent bienfaisant passe, et se lève alors la voluptueuse odeur des gardénias.

23

En revenant après avoir raccompagné Camille, qui était à pied, j'ai vu des manifestants à l'extrémité de l'avenue qui mène sur le pont du Ring. C'est l'un des points de ralliement des protestataires. Ils n'étaient pas nombreux, mais il arrive qu'un coup de sang mette soudain à nouveau des milliers de personnes dans la rue, à partir de la tombée de la nuit. On coupe les routes, on brûle des bennes à ordures. La dernière fois, il y a deux semaines, nous y étions, ma femme et moi, comme chaque fois. C'était un rassemblement spontané, qui a ensuite fait tache d'huile dans plusieurs autres points du pays, et j'ai été étonné, une fois de plus, de retrouver au milieu de la foule, des drapeaux et des haut-parleurs le marchand d'épis de maïs et de café, avec sa devanture ambulante miniature enguirlandée, posée sur l'avant de sa motocyclette. Quelques mois plus tôt, lorsque les très grandes manifestations s'achevaient la nuit en heurts avec la police et les supplétifs du président du Parlement, ce marchand restait sur le terrain, se déplaçant juste au gré des charges des forces antiémeutes et du reflux des manifestants. Et il n'était pas le seul dans ce cas. Il y avait entre autres ce vendeur d'eau, un petit garçon pugnace qui demeurait sur place même lorsque les bombes lacrymogènes pleuvaient et que les jeunes gens, entièrement encagoulés pour dissimuler leurs yeux et leur nez, se dispersaient en courant. Lorsqu'ils se regroupaient pour avancer à nouveau, au milieu de la fumée blanche, des cris et des tirs, le petit garçon resurgissait comme un djinn improbable ou comme s'il était dans une fête foraine, les packs de bouteilles à bout de bras et proclamant, dans la confusion générale, la brume artificielle et l'ambiance de bataille : "De l'eau fraîche ! De l'eau fraîche ! Qui veut acheter de l'eau fraîche ?"

24

10 juillet

Ce matin, vers 11 heures, sur la place du Musée, un embouteillage est causé par le stationnement d'une gigantesque grue, en train de soulever de sur le plateau d'un énorme camion une stèle antique, qu'elle dépose ensuite sur le parvis du musée, avant de la soulever de nouveau et, en procédant à une lente rotation, de la poser près d'une autre et d'un sarcophage exposé là en guise de décor depuis des années. Je ne sais si le musée est ouvert, si les musées ont été autorisés à rouvrir après le confinement. Mais j'imagine qu'ils doivent être étrangement déserts. Dorment sans doute dans un silence de nécropole, sans le moindre visiteur, tous les témoignages, les objets, les grandes reliques qui ont servi à illustrer le récit national, à élaborer les bases idéologiques d'un pays dont les pères fondateurs ne pouvaient se douter qu'il serait, cent ans plus tard exactement, l'expression de la plus cinglante et honteuse des faillites.

Je ne sais si les musées sont ouverts, mais ailleurs, il n'y a plus rien. Les galeries d'art n'exposent plus ou rarement, il n'y a pas de festivals de musique, il n'y aura plus de salons du livre, les éditeurs n'éditent plus rien. Nizar Hariri, qui dirige l'Observatoire universitaire des réalités sociales de mon université, m'a raconté il y a quelques jours que le ministère de l'Éducation avait ouvert l'offre d'adjudications pour l'impression des livres scolaires des programmes de l'an prochain. C'est généralement un marché que les imprimeurs se disputent, parce qu'il garantit la vente d'au moins cent mille ouvrages. Or cette année, aucun d'entre eux n'a seulement participé à l'offre. Ils n'ont aucune confiance dans les promesses de paiement du ministère. Il n'y aura pas de livres scolaires l'an prochain. Ou bien on réutilisera ceux de cette année.

La plupart des pères fondateurs de l'État libanais étaient poètes, écrivains, juristes. Mais c'étaient aussi des hommes d'affaires avisés, et des banquiers sourcilleux, lecteurs de Hugo et de Heredia, mais aussi du *Commerce du Levant*, le vénérable et encore efficace magazine économique fondé à leur époque. Selon *Le Commerce du Levant* de cette semaine, plus de deux mille entreprises commerciales ont fermé leurs portes ce dernier mois, deux cents pharmacies, ainsi que des enseignes internationales fameuses qui quittent définitivement le pays, tels Adidas ou Coca-Cola. Le centre Carnegie, de son côté, estime à plus de mille les seules entreprises liées au tourisme qui ont fait faillite, mettant dans la précarité près de trente mille familles. Le ministère des Affaires étrangères français, se basant sur des études indépendantes, estime pour sa part que le total des licenciements jusqu'à aujourd'hui s'élève à quatre cent mille, soit un douzième de l'ensemble de la population.

25

11 juillet

J'ai d'abord cru que la disparition soudaine de tous ces produits antimoustiques que l'on fait brûler en spirales pour éliminer les insectes était liée à la pénurie générale dans les supermarchés. Or Nayla m'a fait remarquer que cela devait plutôt avoir un rapport avec l'impossibilité pour nombre de ménages d'utiliser les antimoustiques classiques, qu'on branche aux prises de courant, vu qu'il n'y a plus de courant presque en permanence dans bien des quartiers et des régions, surtout la nuit. On en est donc revenus aux bonnes vieilles spirales à brûler, qui du coup ont disparu du marché en raison de la forte demande. Dommage collatéral de la crise, mais aussi de la pandémie de Covid-19. Je suis en effet intimement convaincu que la baisse des activités industrielles dans le monde et la baisse de la pollution, qui ont rebooté la nature durant les trois mois de confinement mondial, ont redonné une vigueur insoupçonnée aux plantes et aux insectes.

Face à ces derniers, nous voilà donc subitement sans défense. Il y a quelques jours, nous dînions chez Gilbert Hage et sa femme, et Gilbert, débonnaire et bon enfant, le gabarit de Churchill et toujours un cigare mâchouillé sur le bord des lèvres, a disparu un instant dans sa maison puis est revenu vers le jardin où nous mangions en tenant une de ces spirales qu'il a allumée avec le bout de son Partagas. Je lui ai fait remarquer que c'était une drôle d'idée. Il m'a rétorqué avec son humour habituel, toujours décalé et jamais à l'endroit où on l'attend, que ces spirales étaient devenues choses si rares qu'il ne pouvait leur faire l'honneur d'une simple allumette. J'ai alors raconté que l'odeur de ces étranges produits de couleur verte, dont la fumée s'élève lentement dans l'air, comme de l'encens, avait bercé mon enfance, surtout durant les étés à la montagne. Tout le monde autour de la table semblait avoir le même souvenir. Je me suis alors rappelé avoir lu dans García Márquez qu'aux Antilles, pour faire fuir les moustiques, on brûlait des bouses de vaches séchées. Gilbert a fait remarquer que les spirales vertes à brûler étaient justement faites de bouse compressée, et artificiellement parfumée. Le Liban dans la crise, me suis-je dit, ou la rencontre pas si fortuite que ça, chez un grand photographe, d'une spirale de bouse compressée et d'un Churchill.

26

Pendant les trente ans de la IIe République, l'une des adjudications les plus convoitées fut celle du ramassage des poubelles et, encore bien davantage, celle de la gestion des décharges publiques. Cette adjudication se trouva évidemment l'objet de manipulations, de transactions opaques, de manœuvres clientélistes sans fin. Les décharges furent finalement attribuées à un proche de la famille Hariri – devenu milliardaire depuis, ainsi que tout son entourage – qui ne respecta presque rien des détails de son cahier des charges, notamment le traitement et le tri. Les décharges devinrent de vertigineuses montagnes de déchets, falaises d'immondices plongeant dans la mer en plusieurs points du littoral, et dont l'odeur depuis des années, comme l'esprit délétère d'un pouvoir pourri jusqu'à la moelle, se répand fréquemment au-dessus des villes et de tout le littoral, tandis que nous vaquons, travaillons, faisons des affaires, des études, ou la fête sur les roof-tops et dans les boîtes de nuit à la mode, dont certaines, comme un must presque assumé, sont limitrophes de ces montagnes maudites. Tous les plans de rechange, les projets d'enfouissement des déchets ou de construction d'incinérateurs furent abandonnés, à force de conflits d'intérêts. Pour certains, ce n'était guère plus mal, puisque de toute façon incinérateurs ou projets d'enfouissement n'auraient abouti qu'au vol de millions de dollars supplémentaires, à des usines inopérantes ou à des calamités encore plus grandes pour l'environnement. En 2015, un soulèvement populaire s'en prit pour la première fois à la classe politique à partir de ce que l'on a appelé la "crise des poubelles". Le pouvoir s'en sortit par une répression sournoise, en infiltrant les groupes de révoltés, les associations écologistes ou celles qui luttaient contre la corruption, et réduisit au silence le mouvement. Tout revint à la normale, la puanteur ne cessa pas, mais ce n'était pas grave puisque ces déchets rapportaient encore des millions.

Il y a quelques années, une revue littéraire m'a proposé d'écrire une dystopie qui aurait pour cadre le Liban ou le monde arabe. J'ai imaginé une histoire de spéculations immobilières à grande échelle à Beyrouth, comme il y en a tant eu durant ces dernières années, de buildings et de centres d'affaires ultra-modernes bâtis par des mafias liées au pouvoir sur des terrains gagnés en compressant les millions de tonnes de déchets dans la mer. Un monde d'affairisme glauque, environné de dorures et les pieds dans les ordures.

27

13 juillet

Nous avons dîné hier soir chez Pierre et Nada. Nous étions douze, c'était peut-être trop pour la distanciation, mais le miracle, c'est que durant toute la soirée, comme si quelque génie bienfaisant planait, il n'a pas été question une seule fois de la crise, comme si siégeaient à nos côtés les dieux d'Homère, ces créatures qui influent sur les événements par des stratagèmes grossiers mais efficaces, en rendant inaudibles les propos d'un chef achéen pendant un banquet, ou invisible un combattant troyen au milieu d'une bataille. Nous avons ainsi tenu à distance, le temps d'une soirée, la ruine du pays et l'anxiété en chacun d'entre nous. Lorsque nous avons parlé des poubelles qui ne sont plus ramassées depuis quelques jours, les dieux de l'Olympe ont fait leur travail et un ancien bouquiniste a détourné le sujet en racontant comment il lui arrivait parfois d'acheter des fonds de livres entiers, des centaines et des centaines d'ouvrages, dont certains sans aucune valeur qu'il portait alors lui-même jusqu'aux plus proches bennes à ordures du quartier, avant de les voir revenir quelques jours plus tard, proposés à la vente par des chiffonniers qui les y avaient récupérés. Il a donc pris le parti de jeter ce genre d'acquisitions inutiles dans des décharges plus lointaines, dans d'autres quartiers, mais les livres revenaient, inévitablement, comme par sortilège, ou comme une farce que lui aurait réservée quelque dieu rigolard.

Lorsqu'il a été question du Covid-19, et d'un possible reconfinement qui achèverait de ruiner le pays, les dieux olympiens ont réagi tout aussi efficacement et Pierre, sans changer de sujet, l'a transporté ailleurs en racontant le plus sérieusement du monde qu'il connaissait le patient zéro, celui qui avait porté le virus hors de Chine, et qu'il avait failli le rencontrer. C'était un collègue à lui travaillant à Bergame. Ce gars était revenu de Singapour, où il s'était réuni avec des industriels chinois de Wuhan. Rentré en Italie, il avait eu une réunion avec des représentants de son entreprise à Mexico, Madrid et Paris, qu'il avait dû contaminer, avant que ces derniers ne rentrent dans leur pays et n'y multiplient les réunions. Lui-même avait fait pareil à Bergame, transmettant le virus entre autres à des personnes qui le jour suivant allaient assister au fameux match Atalanta-Valence que l'on tient pour l'épicentre de la pandémie en Europe. Il devait ensuite embarquer pour Dubaï où il était prévu qu'il se réunisse avec Pierre qui s'y trouvait à ce moment. Mais il avait éprouvé des symptômes grippaux et avait annulé son voyage à la dernière minute, au grand dam de Pierre, qui l'avait jugé bien léger et bien fragile pour renoncer à un déplacement à cause d'une simple fièvre. Si la rencontre avait eu lieu, c'est Pierre qui aurait fait entrer le virus au Liban, et non cette pèlerine venue de Téhéran.

Depuis quelques jours, les cas de contamination au Covid-19 augmentent très sensiblement et les rumeurs courent sur un possible reconfinement. Pour les entreprises, c'est comme un jeu de quilles où les coups se suivent avec une régularité méchante jusqu'à l'élimination de tout ce qui reste debout. Toute entreprise ou commerce qui a réussi à résister à la crise économique, au contrôle des capitaux, à l'effondrement du marché, a dû faire face à un deuxième choc, celui du confinement et de la fermeture totale, intérieure et extérieure. Ceux qui s'en sont sortis indemnes craignent maintenant le reconfinement, qui serait comme l'assaut final, le coup de grâce.

28

14 juillet

Les mouvements de revendications spontanés ne cessent pas. Ils sont le fait de groupes de choc de jeunes militants inlassablement mobilisés, qui investissent les ministères, les administrations, s'y installent avec leurs masques et leurs slogans, et exigent de rencontrer les ministres, ou les chefs de cabinet, ou les directeurs généraux, essentiellement pour leur demander de quitter leurs fonctions, qu'ils n'honorent pas. Les policiers chargés de la sécurité des lieux publics les laissent faire indolemment, les observent, sympathisent parfois. Mais les ministres, les chefs de cabinet, les directeurs généraux ne sont jamais là, ou bien ils décampent à l'avance, ou fuient par les portes de service.

29

15 juillet

Ce matin, en sortant des bureaux d'une amie qui a proposé de mettre son coursier à notre service pour des formalités administratives liées à l'achat du terrain à la montagne, j'ai vu une femme assise dans un grand canapé complètement usé, à l'ombre d'une benne à ordures, en train d'effeuiller du persil ; persil qui, contrairement au canapé défraîchi et à la benne à ordures souillée, paraissait frais et d'un vert presque émouvant. Elle était en robe noire, la tête dans un voile de même couleur qui lui dissimulait la bouche. Une Nawar, assurément, ce peuple mystérieux dont certains considèrent les membres comme des cousins asiatiques des Roms. Elle devait avoir des tatouages sur les bras, des dents en or et le regard comme un dard. Mais je n'ai pas pu le vérifier, elle était très occupée par ses bottes de persil, et à profiter du vieux canapé élimé, décoloré, avant qu'un chiffonnier ne le repère et ne l'en chasse pour le récupérer. Les femmes des Nawars disent généralement la bonne aventure, et beaucoup de leurs congénères pratiquent aussi la mendicité. Mais il est certain que, depuis quelques années, ils ont été supplantés dans les rues par l'immense déploiement d'une population de nouveaux mendiants. À tous les carrefours, des femmes, des petits garçons et des vieillards ont érigé un véritable business de la main tendue. D'après une étude de l'Unicef, de l'OIT et de diverses ONG publiée en 2015, la grande majorité de ces nouveaux venus, qui depuis se sont encore multipliés et font désormais partie du paysage urbain, sont d'origine syrienne, chassés de chez eux par la guerre et la violence. Des enfants de huit ou neuf ans en loques, de jeunes adolescents, des filles de quatorze ans avec des bébés dans les bras, de vieilles femmes aussi : c'est tout un monde insistant, à l'affût, qui frappe à la vitre des voitures, minaude, lance des supplications ou passe plein de mépris devant votre propre indifférence. Nombre d'entre eux sont nés ici, dans des chantiers abandonnés, des squats ou dans la rue, et sont donc totalement apatrides, abandonnés à eux-mêmes, fruits de ménages éclatés, de famille sans repères, de mariages à la va-vite. Beaucoup seraient aussi victimes de filières mafieuses qui les exploitent.

Un soir, il y a un an, une petite fille, déjà mère et tenant son bébé dans les bras comme elle aurait porté une poupée si elle était née sous d'autres cieux, s'est postée devant la fenêtre de la voiture de Nayla, au feu, sur l'avenue Bechara el-Khoury. Ma femme garde toujours en réserve des biscuits et des friandises pour ce genre de cas, et du pain quand c'est possible. Mais la jeune mendiante n'en voulait pas, elle lui a demandé si elle ne pouvait pas plutôt lui débrouiller des couches pour bébés. D'abord décontenancée, Nayla, qui était avec Saria, a hésité puis a fini par se rendre dans une proche pharmacie. Elle a retrouvé la mendiante une demi-heure après, lui a fait livraison de sa commande et en a profité pour essayer de lui demander d'où elle venait. La petite mère a marmonné des choses incompréhensibles, puis s'est ostensiblement détournée avec assez peu de reconnaissance et sans apporter de réponse satisfaisante. Il faut dire qu'elle venait d'être rejointe et assaillie par d'autres gamines comme elle, portant toutes des enfants en bas âge, et qui convoitaient les couches.

Quelques mois plus tôt, par curiosité, j'avais baissé ma vitre et demandé à une adolescente, au carrefour des rues de Verdun et de Tallet el-Khayyat, d'où elle venait. Elle m'a répondu spontanément : "D'Alep." J'ai poussé un peu le bouchon, et lui ai demandé de quel quartier d'Alep. La jeune fille m'a lancé un regard agressif puis est allée mendier auprès d'une autre voiture, sans plus me répondre, comme si j'avais été très indélicat à son égard. À l'évidence, ces enfants mentent pour cacher une origine plus compliquée que celle qu'ils veulent bien avouer, ou bien ils ne savent tout simplement pas d'où ils sont originaires, soit parce qu'ils sont arrivés très petits, soit parce qu'ils sont nés ici. La natalité dans ce milieu est apparemment vertigineuse. L'État libanais ne s'en est pourtant jamais préoccupé, laissant croître la misère, la violence domestique, l'ignorance et sans doute la drogue et la prostitution. Aujourd'hui, dans le naufrage général, le destin de cette immense population déjà largement livrée à elle-même reste d'une opacité totale. Les grands adolescents turbulents qui traînent, parlent fort et mendient comme on joue, me semblent les recrues idéales pour de futures bandes organisées, ou des milices. Les scénarios cauchemars de l'avenir sont prêts.

30

17 juillet

Depuis les temps bibliques, le Liban a été regardé comme un fanal par les peuples de l'Orient, par les envahisseurs venus de l'est et par tous ceux qui vivaient aussi bien dans les oasis du désert qu'en Palestine ou en Mésopotamie. C'était le seul pays montagneux connu, ses sommets étaient supposés rapprocher les hommes des dieux, ou du Dieu unique, et puis surtout il y avait la neige, et l'eau, et les infinies et verdoyantes vallées, les précipices d'où se jetaient les cascades, les gorges où coulaient les froids torrents. Cette nature paradisiaque et sa richesse en verdure et en eau permirent de comparer le Liban à la Suisse au temps du romantisme, et firent encore rêver, pendant une grande partie du XXe siècle, les touristes du monde entier aussi bien que les émigrés libanais nostalgiques de la douceur de vivre de leurs montagnes d'origine devenues à leurs yeux presque légendaires.

La neige, les torrents, l'eau à profusion et le verdoiement éternel : ces évidences du paysage furent longtemps des leitmotivs du récit national. Pendant des décennies, on répéta fièrement que l'eau était le pétrole du Liban, autrement dit sa précieuse fortune – une fortune inépuisable, de surcroît, contrairement au pétrole du voisinage.

Seulement voilà, aujourd'hui, il n'y a pas d'eau, pas plus qu'il n'y a d'électricité. Certes, le fait n'est pas nouveau, nous avons une vieille relation avec les robinets à sec. Mais si cela arrivait déjà aux temps aujourd'hui considérés comme bénis de la Ire République, c'est parce que l'État à cette époque n'avait pris aucune véritable initiative pour éviter ces pénuries des fins d'étés. Durant les trente années de la IIe République en revanche, les projets ont été innombrables, les barrages creusés en nombre, abîmant les montagnes, les sites naturels et les paysages, ravageant vallées, gorges et zones agricoles. Nombre d'entre eux sont souvent à sec, pour cause de fuites dues à des travaux défectueux ou à des études douteuses de terrain. Les opinions sur leur utilité varient, mais ce qui est sûr, c'est qu'on ne sait rien sur les milliards de dollars qu'ils ont coûté, incluant fausses factures, trafic des chiffres et détournements de fonds gigantesques. D'après tous les hydrogéologues que j'ai consultés, il n'y a pas un seul projet dans ce domaine qui n'ait été coté au moins cinq fois au-dessus de son prix réel, et pour des réalisations de surcroît toujours en dessous des normes. Or c'est ainsi dans tous les autres secteurs : routes, ponts, bâtiments publics. Aucun justificatif n'est jamais demandé aux entrepreneurs véreux, toujours liés aux hommes politiques. Quant aux sociétés de surveillance, elles touchent d'imposants pots-de-vin pour fermer les yeux sur les énormes irrégularités qu'elles constatent. Ou alors, si elles veulent rester dans la légalité, elles sont exclues du circuit d'attribution des contrats publics et réduites à la faillite.

Ce matin, j'ai vu le premier camion-citerne de livraison d'eau domestique. Il était garé devant un immeuble de la rue Trabaud, à Achrafieh. Les tuyaux étaient tendus et hissés sur le toit de l'immeuble, le moteur de la pompe en action, avec son vacarme infernal. Nul ne sait au juste d'où provient cette eau privée, vendue sans aucune autorisation légale, quelles nappes phréatiques sont en train d'être pillées sans aucun contrôle et aucun scrupule. Mais bientôt, avec l'été qui avance, ce spectacle se répétera dans toutes les rues, à longueur de journée. Avec, à l'arrière-plan du tableau, les montagnes qui furent le réservoir de tout l'Orient.

Le camion obstruant la rue Trabaud, j'ai dû faire marche arrière pour prendre une autre voie. Avant que je ne débute la manœuvre, un passant s'est arrêté devant ma fenêtre ouverte et m'a annoncé gravement que bientôt, il n'y aura plus d'eau du tout, non pas comme tous les ans en cette saison, mais parce qu'il n'y aura plus de fuel dans les usines de filtrage et de distribution.

31

La destruction des paysages, des forêts, des montagnes, ne commença pas avec les barrages. Elle débuta bien avant et constitue l'une des conséquences irréversibles de la guerre civile. Il est rare de voir un conflit donner lieu à un mouvement intense de construction dont, paradoxalement, les effets dévastateurs s'avéreront plus importants que ceux des destructions et des ravages guerriers. C'est pourtant ce qui se passa ici, où l'on n'est plus à un paradoxe près. Durant la guerre civile, la dérégulation totale, l'anarchie et l'absence d'autorité pour faire appliquer les lois entraînèrent une urbanisation sauvage encouragée par les déplacements de populations, par la spéculation et par une évidente opulence, elle-même due à l'afflux de l'argent des ventes d'armes et des drogues régentées par les milices et au développement d'une activité commerciale intense et totalement libre d'entraves.

Loin de s'achever avec le retour de la paix, la dérégulation, qui aboutit à une urbanisation effrénée et à des dégâts écologiques irrémédiables, se poursuivit sous la funeste IIe République, durant laquelle tous les excès furent légalisés, tant qu'ils pouvaient rapporter de l'argent, encore de l'argent, toujours de l'argent. J'ai décrit tous ces mécanismes dans *L'Empereur à pied*, que peu de lecteurs ont interprété aussi comme un roman sur la destruction de l'environnement et la ruine d'un pays par la violence physique qui lui était infligée. Pendant trente ans, l'édification de mastodontes immobiliers défigura les villes autant que les montagnes. Des individus ou des groupes anciennement proches des milices, et devenus en temps de paix des promoteurs et des milliardaires sans scrupules dans l'orbite du pouvoir, mirent la main sur des pans entiers de côtes et de plages en les bâtissant et en les privatisant arbitrairement. La même espèce d'hommes éventra, fracassa et dépeça des montagnes entières pour en extraire le sable nécessaire aux cimenteries, et ces carrières causèrent des béances atroces dans certains des plus beaux paysages du pays. Durant les années 2008 et 2009, une publicité financée par des groupes écologistes représentait le Liban sous les traits d'une superbe jeune femme recevant progressivement des coups, des blessures, des plaies, des échardes, jusqu'à en être défigurée et rendue horrible à voir. La publicité choqua, et on l'interdit. Le déni était encore très fort, on ne voulait rien voir. Pourtant, le visage défiguré du pays était sous nos yeux en permanence, et le travail de destruction tous les jours accru. Des contrats faramineux étaient sans cesse signés, des horreurs ne cessaient de s'élever en contrevenant aux lois. Les décrets sur la fermeture des carrières étaient bafoués et les plages publiques spoliées ne furent jamais restituées parce qu'elles appartenaient de fait à des membres de la caste qui tenait l'État en otage.

32

L'impunité totale de cette caste permit aussi à ses principaux chefs de s'offrir en guise d'inestimable cadeau une caisse noire chacun, alimentée par les revenus de l'État mais ne répondant à aucune enquête, aucune demande de comptes, aucun justificatif de dépenses. Berry s'octroya celle consacrée au développement des régions méridionales, Joumblatt celle destinée à financer le retour des déplacés de guerre, Hariri celle de la reconstruction de Beyrouth. Ces caisses leur servirent à financer leur politique, à fidéliser leur clientèle communautaire et à enrichir leurs principaux féaux en encourageant les détournements, les projets factices, les gonflements des factures. On ignore jusqu'à aujourd'hui l'épaisseur du trou noir qu'elles ont causée dans les dépenses publiques et leur contribution, probablement énorme, à la faillite générale. Dans le même temps, les gouvernements successifs prétextaient des difficultés de tout genre pour éviter de régler les sommes, relativement modestes en comparaison, qu'en vertu des lois ils devaient aux municipalités, à la sécurité sociale ou aux associations d'aide aux handicapés. Il est vrai que cela n'est guère rentable.

Rentables, très rentables en revanche, le port et le service des douanes par où passent tous les jours des milliers de tonnes de marchandises, l'aéroport, le service d'enregistrement des véhicules motorisés, le casino du Liban. Autant d'institutions qui toutes possédèrent à un moment ou à un autre leurs propres caisses noires, dont les comptes sont absolument opaques depuis trente ans et où auraient disparu plus de vingt milliards de dollars.

33

En trente ans, le pays tout entier est devenu la chasse gardée de la caste des oligarques au pouvoir, qui a établi avec les citoyens une relation de nature mafieuse, offrant protection, garanties et petites opportunités à tous ceux qui les sollicitaient et bloquant toute autre forme de rapport à l'État que celui de la quémande. La confiscation totale de l'appareil administratif et de tous les services publics et la mainmise sur les ministères, les municipalités ou sur d'autres secteurs, telle notamment l'Université libanaise, en fonction d'un partage des territoires qui a abouti à la confessionnalisation excessive de la fonction publique, a permis entre autres aberrations le bourrage des administrations et la création de dizaines de milliers d'emplois fictifs, grevant de manière considérable les finances publiques. Sans compter que des services entiers perduraient inutilement, et continuent jusqu'à aujourd'hui à être pourvus en directeurs, secrétaires et plantons. L'Office des chemins de fer, par exemple, fonctionne toujours alors qu'il n'y a plus le moindre rail ni le moindre train dans le paysage depuis soixante ans. Un mystérieux "bureau du drapeau", destiné sans doute à s'assurer que toutes les représentations du drapeau national correspondent aux canons édictés par la Constitution, coûte des millions. Et l'on paye des salaires à des fonctionnaires morts depuis des lustres, ainsi que des indemnités à vie aux descendants de tous les anciens députés, jusqu'à la énième génération. Cela fait très république bananière, ce serait presque drôle, ubuesque ou kafkaïen, si ce n'était accompagné par la désinvolture et l'arrogance de l'oligarchie au pouvoir, qui ne parvient naturellement jamais à s'entendre sur le budget de l'État, non par souci de justesse des comptes, mais parce que les partages ne sont pas estimés équitables par les uns ou les autres.

L'arrogance a culminé le 22 janvier 2019, durant le forum de Davos, quand ce ministre libanais, gendre du président Aoun de surcroît, a déclaré fièrement que le Liban pourrait donner des leçons de gestion au monde entier et apprendre aux grandes nations, telles par exemple la Grande-Bretagne et les États-Unis, à se gouverner sans budget.

34

18 juillet

Jusqu'au 17 octobre 2019 au soir, nous aurions pu croire que nous allions vivre avec tout cela pendant encore cent ans. Il y avait certes eu ce premier soulèvement civique en 2015, lors de la crise des poubelles. Mais ensuite, durant cinq années, seuls des groupes minuscules de militants continuèrent à manifester, à s'égosiller courageusement, inutilement, jusqu'à ce fameux 17 octobre au soir. Une semaine auparavant, il y avait eu les incendies et l'affaire des Canadair cloués au sol parce que l'argent de leur entretien s'était évaporé. Cela n'avait provoqué aucune forme d'indignation sur le terrain, seulement virtuelle, sur les réseaux sociaux. Et puis voilà que le 17 au soir, le gouvernement annonce une taxe sur les appels WhatsApp, une application gratuite. Une mesure de plus afin de camoufler encore, pour quelques semaines et ridiculement, l'énorme trou des déficits publics et la terrible faillite annoncée de l'État. Les banques vacillaient déjà dangereusement depuis deux mois. Une taxe minuscule, presque rien, et le vase, déjà plein à ras bord, déborde de toutes parts.

Au cours de la nuit du 17, les rangs des manifestants, qui n'étaient qu'une poignée depuis des années, grossissent considérablement tandis que, dans toutes les villes du pays, les places centrales sont investies. Au matin du 18, les principales artères du Liban, les autoroutes, les routes régionales et, dans les villes, toutes les rues principales sont bloquées par des pneus et des bennes à ordures en flammes. Les écoles et les banques n'ouvrent pas. L'après-midi du 18, des centaines de milliers de manifestants occupent la place des Martyrs et celle de Ryad el-Solh, dans le centre de Beyrouth. Les jours suivants, plus d'un million de protestataires sont recensés sur les divers points de rassemblements à travers le pays. Les routes demeurent fermées plusieurs jours. Durant des semaines, les mouvements se multiplient, ainsi que les manifestations, avec une revendication unique : la fin de la classe politique actuelle, la démission du gouvernement et l'installation d'un cabinet intérimaire pour gérer la crise financière. Certains hommes politiques, anciens députés ou ministres se déclarant désormais dans l'opposition sont chassés alors qu'ils tentaient de se joindre aux manifestants. Le 29 octobre, les milices chiites et les supplétifs de la police affiliés à la garde du président de la Chambre Nabih Berry s'attaquent aux manifestants. Le cabinet de Saad Hariri démissionne quelques heures plus tard. À partir du mois de novembre, les manifestations s'achèvent par des heurts avec la police et parfois directement avec les membres du mouvement Amal de Nabih Berry. Au cœur des montagnes, dans la vallée de Bisri destinée à devenir un barrage hydraulique, les manifestants campent en permanence et empêchent la poursuite des travaux, et notamment une déforestation sauvage. Le 15 décembre, l'ancien Premier ministre Fouad Siniora est hué pendant cinquante-cinq minutes avant un concert à l'Assembly Hall de l'Université américaine et finit par être contraint de quitter la salle. À partir de ce jour, les hommes politiques et les membres de leur entourage, qui déjà se faisaient extrêmement discrets, sont systématiquement repérés et chassés des lieux publics, des restaurants et des magasins.

35

20 juillet

Aujourd'hui, j'ai fait venir un réparateur parce que deux de nos climatiseurs sont à la peine, et ne refroidissent presque plus. C'était un jeune homme énorme, d'une force colossale, le masque sanitaire recouvrant une part seulement d'une grosse barbe taillée à la mode. Il ahanait en travaillant, je l'aurais bien vu soulevant des poutres à bout de bras plutôt que d'avoir à déplacer des fils dans d'étroits conduits, et nettoyer de petits filtres du bout de ses doigts boudinés. Il était en plein travail, perché sur une échelle, lorsque Nayla est rentrée de son cabinet et a eu l'air surprise de le rencontrer, comme on retrouve une connaissance mais pas à la place où on a l'habitude de la voir, ce qui cause un petit trouble et un moment de doute. Lui en revanche n'a pas eu d'hésitation, il l'a reconnue et a paru assez heureux. Assurée finalement qu'il s'agissait bien de la personne qu'elle pensait, ma femme lui a demandé de ses nouvelles. Il a répondu qu'il n'avait plus de travail, et qu'il était revenu à son métier premier, c'est-à-dire électricien. D'habitude, je ne me mêle pas de ce genre de subites rencontres, parce qu'il peut s'agir de patients de ma femme et j'attends alors que l'on m'associe, ou pas, à la conversation. La pratique de Nayla n'exige pas nécessairement la distance ni la neutralité. Mais j'ai eu du mal à croire, je ne sais pas pourquoi, que ce gaillard pouvait être un patient à elle. D'ailleurs, elle lui a demandé comment allait son fils, et il a répondu : "Mieux, beaucoup mieux. On lui a baissé la dose de médicaments." Puis il a ajouté en riant, et tout son énorme bassin s'est alors mis à danser de haut en bas, que c'est lui qui aurait plutôt besoin de calmants et d'anxiolytiques, désormais, comme nous tous.

En commençant à travailler, l'homme m'avait raconté qu'il était voiturier avant la crise, et il avait ajouté que ça rapportait beaucoup. Je le savais, j'ai toujours eu horreur des voituriers à Beyrouth. Ces gars constituaient avant l'effondrement une véritable mafia, ils colonisaient les rues animées, celles des bars, des pubs et des boîtes de nuit, et instauraient leur propre loi, mettant la main sur toutes les places de parking disponibles, et les faisant ensuite payer très cher. Ou bien ils prenaient votre voiture et vous deviez attendre avant de la voir revenir, sans savoir ce que ces gaillards en avaient fait pendant que vous veilliez ou que vous dîniez. Désormais, ils ont disparu en grande partie, et je n'en suis pas très fâché. Mais je ne l'ai pas dit à mon électricien, d'autant que son air bonhomme, son amabilité spontanée m'ont fait regretter de penser ainsi de ses collègues. Mais c'est en tout cas de cette façon qu'à l'issue de sa conversation avec ma femme, j'ai compris qu'il la connaissait du temps, pas si lointain, où il était voiturier et que nous allions au restaurant Abd el-Wahab devant lequel il officiait. Je ne m'en souvenais pas. Un jour qu'elle y était allée seule avec ses amies, il avait demandé conseil à Nayla pour son fils, apprenant qu'elle était psychothérapeute, et elle l'avait recommandé à un spécialiste des enfants. Chaque fois qu'il la voyait et qu'il s'occupait de sa voiture, il la mettait au courant des développements du traitement du petit et elle lui tenait le crachoir durant de longues minutes.

Lorsqu'il a eu fini de réparer les climatiseurs, et que je lui ai demandé combien je lui devais, il a eu l'air d'un petit garçon pris en faute par son institutrice. Il ne parvenait pas à dire un chiffre, c'était une somme si énorme à cause de l'inflation qu'il en avait honte, et je l'ai trouvé incroyablement touchant, malgré sa taille, sa barbe et son masque. J'ai deviné aussi qu'il hésitait à demander de l'argent, par égard pour ma femme dont il répétait en marmonnant qu'elle l'avait beaucoup aidé. Il semblait béat d'admiration devant elle. Il n'est pas le premier. Nous étions devant la porte-fenêtre ouvrant sur la terrasse. Alors que j'insistais pour qu'il me dise son prix sans tergiverser en lui répétant qu'il n'était pas responsable de l'inflation, un pigeon s'est posé subitement sur la rambarde de la terrasse, à deux pas de nous. Nous nous sommes tus quelques secondes face à cette subite et saisissante apparition, cette cristallisation soudaine de la bête frétillante qui nous lorgnait en penchant sa minuscule tête et nous présentait l'un de ses deux yeux ronds et inexpressifs. Chaque fois que cette scène se produit, je pense à la première page du *Palace* de Claude Simon et à la description de la transmutation magique du pigeon sur le bord d'une fenêtre, à Barcelone, en 1938, une description dont il m'a effleuré à cet instant qu'elle s'inspirait sans doute de la magnifique scène de l'apparition du cerf au cœur de la forêt, dans *Descends, Moïse* de Faulkner que j'ai lu récemment. De ces fugaces pensées m'a tiré mon électricien géant, qui a déclaré que bientôt, de faim, on mangerait ce genre de bêtes. J'ai songé au cerf. Il parlait du pigeon. Je lui ai répondu que ce ne serait pas pour tout de suite, nous sommes trop fiers pour ça.

36

Le 11 février 2020, un nouveau gouvernement a été formé, contre la volonté des millions de citoyens qui avaient manifesté pendant quatre mois. Pour faire croire que ces derniers ont été entendus, ce cabinet a été constitué de personnalités inconnues, et donc prétendument indépendantes. Il est apparu très vite qu'il s'agissait de proches des principaux politiciens et chefs de partis en place, notamment le Hezbollah, Amal, le parti du président de la Chambre, et le mouvement du général Aoun et de son gendre. Les autres partis se sont déclarés dans l'opposition, même si, le jour du vote au Parlement, ils ont accordé leur confiance à ce gouvernement qu'ils récusent. Quoi qu'il en soit, le seul qualificatif que l'on peut donner à ce cabinet, c'est celui de fantoche. Jusqu'à aujourd'hui, soit en cinq mois, alors que la crise économique ne cesse de s'amplifier et atteint des points de non-retour, que l'effondrement est total dans tous les secteurs, il ne se passe rien, aucune résolution, aucune décision, aucun plan d'action, rien.

37

21 juillet

Cela fait quelques semaines que je sens que Nayla rentre épuisée de son cabinet. De par son métier, elle sait que les crises sanitaire et financière et le confinement réveillent en chacun d'entre nous des peurs et des problèmes plus anciens qui, en faisant retour, peuvent s'avérer dévastateurs psychiquement. Elle commence à l'éprouver elle-même. De surcroît, elle me répète que les problèmes de ses patients sont en train de faire de plus en plus écho à ce qu'elle vit face à l'effondrement de tout ce qui nous entoure, et elle se sent parfois submergée d'émotions et de sentiments complexes et épuisants. J'ai remarqué il y a trois ou quatre jours qu'elle s'installait régulièrement devant son ordinateur pour écrire, et plus longuement que lorsqu'elle fait son courrier ou prépare des notes ou de brèves interventions. Elle a fini par m'avouer qu'elle se livrait à un exercice singulier, dont l'idée lui est venue spontanément devant la nécessité impérieuse de se purger elle-même de la violence de ce qu'elle éprouve. Elle a donc imaginé une thérapie pour elle-même, avec elle-même, et l'écrit en composant tous les jours une séance durant laquelle elle fait dialoguer le thérapeute qu'elle est avec la patiente qu'elle est aussi pour l'occasion. Elle m'a fait lire les premières séances.

MA THÉRAPIE AVEC MOI-MÊME

Première séance.

J'aborde la séance avec beaucoup d'appréhension et même avec un degré assez élevé d'anxiété. En réalité, je ne sais pas quelle thérapeute je vais être pour moi-même, et surtout comment moi, patiente, je vais me livrer à ce jeu. Mais il est clair que si je parle de "jeu", c'est que mes résistances sont déjà en place. On verra bien.

MOI-THÉRAPEUTE. – Je t'écoute.

MOI-PATIENTE. – Depuis quelque temps, spécifiquement depuis la fin du confinement, j'ai commencé à ressentir de l'anxiété, surtout en fin de journée et au moment d'aller me coucher, ce qui entraîne de gros troubles du sommeil.

TH. – Depuis la fin du confinement, dis-tu ? Y a-t-il eu un événement spécifique qui a déclenché ton anxiété ?

P. – Pas vraiment. Mais deux choses me sont devenues progressivement insupportables : les réseaux sociaux et la série Netflix que nous regardions tous les soirs.

TH. – Comment, insupportables ? De quelle manière ?

P. – Les réseaux sociaux ont commencé à m'étouffer. Littéralement. Au bout de trois à quatre minutes de consultation de mes comptes Instagram ou Facebook, je sens mon souffle devenir plus lourd, j'éprouve une grande oppression dans la poitrine et un besoin de crier, de courir.

TH. – Crier quoi ? Courir où ?

P. – Je ne sais pas.

TH. – Est-ce que tu remarques que ton anxiété augmente maintenant, en me parlant ?

P. – Oui.

TH. – Où la sens-tu ?

P. – Elle me prend ici, à la gorge, elle m'étouffe.

TH. – Et ces larmes ?

P. – De la frustration, beaucoup de frustration.

TH. – Tu peux m'en dire plus ?

P. – Je n'en peux plus de lire tous ces posts désabusés, interminables, qui parlent de notre échec ou répètent inlassablement que nous avons été impuissants face aux gens au pouvoir. J'ai pourtant bien l'impression qu'en effet tous nos efforts pendant la révolution ont été vains. Personne ne nous a entendus. Personne ne s'est soucié de nos revendications. Cela me donne envie de crier, de hurler…

TH. – Colère, tristesse qui résultent d'un sentiment d'impuissance ?

P. – Absolument.

TH. – Et cette impuissance, est-ce quelque chose que tu as connu avant, dans ta jeunesse, parce qu'on était sourd à toi ?

P. (un silence) – On a toujours été sourd à moi. (Larmes.)

TH. – Oui, laisse ta tristesse venir… Qui était sourd à toi ?

P. – Ma mère et mon père, chacun à sa façon.

TH. – Par qui tu veux commencer ?

P. – Ma mère. Quand elle se fâchait contre moi, je me souviens qu'elle adoptait une attitude froide et distante, et cela pendant des jours. Elle ne m'adressait plus la parole, comme si je n'existais plus. J'avais beau pleurer dans ma chambre, bruyamment et parfois pendant des heures, en espérant qu'elle finirait par s'attendrir ou avoir pitié de moi et qu'elle viendrait me consoler, en vain. Ni pleurs, ni yeux bouffis, ni mine déconfite, ni soupirs, ni grève de la faim… rien ne l'attendrissait. Il fallait toujours que je

finisse par aller m'excuser auprès d'elle pour que graduellement nos relations reviennent à la normale.
TH. – Et là, maintenant, qu'est-ce que tu sens ? Je vois que tu as changé de posture, tu t'es redressée sur ton siège.
P.. – Oui, je suis en colère contre elle.
TH. – Et si tu devais exprimer cette colère en mots, qu'est-ce que tu dirais à ta mère ? Que lui dirais-tu ? "Maman, je suis en colère contre toi parce que…"
P. – …
TH. – "Maman, je suis en colère contre toi parce que…"
P. – … Je suis en colère contre toi parce que, quand tu te fâchais contre moi, quand j'étais petite, tu m'abandonnais, tu me laissais pleurer seule, désespérée. Tu restais froide face à mon désarroi et tu devenais sourde à ma souffrance. Il fallait que je me plie, que je me casse, que je courbe la tête et que je vienne m'excuser, chaque fois, pour que tu daignes me réintégrer dans ton champ de vision et d'audition, que j'existe à nouveau pour toi. Je me souviens de nombre de fois où, pendant que je me livrais à cet humiliant exercice d'excuses, tu ne manquais pas de me corriger, en m'expliquant froidement qu'en bon français la formule "Excuse-moi" n'était pas suffisante, il fallait dire "Je m'excuse, maman" ! C'était ça qui t'intéressait, le bien-parler, plus que mon état de désarroi.
TH. – Continue à lui parler : "C'était ça qui t'intéressait, alors que tout ce que je voulais c'était que tu…"
P. – … Tout ce que je voulais, c'était que tu me traites en mère et non en bourreau indifférent, que tu me prennes dans tes bras, que tu me dises que tu m'aimes quoi qu'il en soit, que rien ne valait de me causer ces gros chagrins…

J'interromps la séance. Après tout, je ne suis qu'avec moi-même, je peux me le permettre. Je sais ce qui va suivre naturellement… Pas la peine, c'est bon, j'ai entendu, j'ai compris. L'indifférence arrogante de nos dirigeants à l'effondrement, à nos revendications et à notre haine m'étouffe, me met dans des états de grande anxiété parce qu'en réalité, c'est ma souffrance face à l'indifférence et à la surdité de ma mère, naguère, qui s'est éveillée en moi... Sauf que je viens de comprendre aussi que je ne suis plus la petite fille en désarroi obligée de refouler sa colère pour protéger son lien avec sa mère...

38

Deuxième séance.

MOI-THÉRAPEUTE. – Avec quoi tu me viens aujourd'hui ?

MOI-PATIENTE. – Depuis environ trois mois, je sens beaucoup de fatigue après mes séances. C'est comme si soudain, les problèmes de mes patients m'atteignaient directement. Je n'arrive plus à trouver la bonne distance sur le plan émotionnel. Je ne comprends pas pourquoi je suis devenue si vulnérable alors que je me suis toujours sentie fière de ne pas me laisser envahir par la souffrance des autres, sans pourtant que jamais mon empathie en soit affectée.

TH. – Peux-tu me donner un exemple d'une séance qui t'a particulièrement affectée ?

P. – La semaine passée, un nouveau patient me parlait du deuil interminable de sa mère. Elle est décédée il y a un an d'un cancer. Tu sais combien j'aime travailler sur le deuil avec mes patients et tu sais aussi que, malgré ma situation, ce sujet, très récurrent, ne m'affecte pas sur le plan personnel. J'ai travaillé avec des patients en phase de maladie, de traitement, ou de rémission, avec d'autres dont un membre de la famille est atteint d'un cancer ou en est mort.

TH. – Et qu'est-ce qui était différent avec ce patient ?

P. – Quand il parlait de sa mère et de ses derniers jours, j'ai ressenti de l'anxiété, j'avais du mal à respirer et je me suis, un moment, déconnectée de lui et je me suis surprise en train d'imaginer cette fin. Ça ne m'était jamais arrivé.
TH. – Qu'as-tu imaginé ?
P. – La déchéance.
TH. – Développe.
P. – Il parlait de sa souffrance de voir sa mère, naguère belle et vive, ressembler à une vieille femme chez qui tout s'est mis à dysfonctionner. C'est sa tristesse, son désarroi d'assister à cette déchéance qui m'a troublée, bien plus que l'état de sa mère en phase finale.
TH. – Et pourtant… Pourquoi cette fois-ci et pas avant, avec d'autres patients ?
P. – Pourtant, oui, j'ai fait le travail sur moi et je pensais avoir géré ma peur de la déchéance.
TH. – Mais, si je ne me trompe pas, ton trouble vient surtout de ton identification à l'observateur, témoin de la maladie qui ravage, et non à la malade elle-même.
P. – Oui. Avec une autre patiente, elle-même rescapée de deux cancers, c'est le mot "dignité" qui s'était imposé pour nous deux. Je ne sais d'ailleurs qui de nous deux l'a prononcé en premier. Ce qui est terrible dans cette maladie, ainsi que dans les traitements acharnés auxquels on recourt pour soi-disant la guérir, c'est qu'elle ôte à l'humain sa dignité.
TH. – Deuil interminable, déchéance, perte de la dignité…
P. – …
TH. – Deuil interminable, déchéance, perte de la dignité…
P. – …
TH. – Deuil interminable, déchéance, perte de la dignité… Tu pleures. Oui, c'est ça, c'est bien… pleure…
P. – Ce n'est pas sur moi que je pleure.

Une fois de plus, j'interromps la séance. Je sais sur quoi je pleure, maintenant, mais je sais surtout pourquoi cette séance avec mon patient m'a été si pénible. Cette femme malade, atteinte d'un fulgurant cancer des poumons, suffoquant, appelant à l'aide, perdant tour à tour chacun de ses organes vitaux, perdant ainsi son autonomie et sa dignité, ce n'est pas moi. Je n'ai pas été submergée par la pitié ou la peur de la mort. Ce n'est pas non plus la maladie que je porte en moi qui a été titillée par le récit du jeune homme. Je viens de comprendre que le deuil de ce fils, le déchirement qu'il revit encore tous les jours d'avoir vu sa mère périr, c'est un autre deuil, que je vis moi aussi, depuis quelques mois. Un deuil que je ne voulais pas reconnaître, que j'ai encore du mal à admettre maintenant, mais qui est réel et qui s'impose et me submerge. J'ai du mal à le dire, à l'écrire… Mais il s'agit de ce pays qui agonise, qui dépérit, il s'agit du deuil de tout ce que nous avons fait, de la splendeur de nos vies passées, de ce dont nous avons rêvé. Il s'agit de la peur de ces déchéances à venir, de la perte de notre dignité…

39

22 juillet

Les raisons sont nombreuses pour lesquelles le pouvoir a finalement tenu, et ne s'est pas écroulé sous la pression de la population et de la rue. Il y a la force de résistance opiniâtre de tous ceux qui sont embourbés dans trente ans de corruption et qui sentent que, s'ils ne s'accrochent pas à n'importe quel prix et n'empêchent pas le moindre changement, ils seront emportés sans pitié. Il y a la puissance des partis politiques traditionnels et les sirènes communautaires qu'ils savent faire retentir quand ça les arrange. Et parmi ceux-là, il y a le plus dangereux de tous, le Hezbollah, le seul parti qui soit encore armé, sous prétexte de résistance contre l'occupation israélienne des provinces du Sud alors qu'il n'y a plus d'Israéliens depuis quinze ans, mais en vérité afin de servir d'instrument de pression et de déstabilisation entre les mains de la Syrie et de l'Iran.

Au moment du soulèvement d'octobre 2019, le Hezbollah a tenté de montrer qu'il était pour des réformes au sein de l'État. À l'instar d'autres partis, il a autorisé durant les premiers jours ses partisans et ses sympathisants à participer aux manifestations.

Puis il est devenu plus rigide, parce que les choses sans doute prenaient de l'ampleur à ses yeux. Il ne pouvait apparemment se permettre d'envisager des changements au sein du gouvernement parce que cela risquait de remettre en cause ses choix stratégiques, et en péril l'axe syro-iranien dont il est une part essentielle. Bientôt, la communauté chiite s'est trouvée en grande majorité forcée de renoncer à réclamer la fin du régime corrompu, fin qu'elle souhaitait comme tous les autres citoyens. Le Hezbollah a laissé aussi ses alliés du parti Amal et parfois ses propres sympathisants provoquer ou affronter les manifestants. Au bout de plusieurs mois d'hésitations et d'atermoiements, les deux partis chiites et leurs alliés autour du président Aoun ont fini par composer le gouvernement fantoche du 11 février, dont le mot d'ordre semble bien être de ne surtout rien faire, sinon de reconduire avec la même effronterie les mêmes pratiques, celles par exemple du partage mafieux – non plus des parts d'un gâteau qui n'existe plus, mais des postes clés de l'administration, dans le cas où la manne retomberait du ciel.

40

23 juillet

Je n'arrête pas de me demander, chaque fois que l'on va dans un pub ou un restaurant, parce qu'il n'y a plus d'autres distractions, comment il se fait que l'on continue à manger, boire et payer des additions qui restent presque égales à ce qu'elles étaient avant la crise. Un soir, Marylin, la joyeuse et toujours enthousiaste manageuse de Super Vega, nous a expliqué qu'elle ne servait presque plus de viande, c'était trop cher, et plus d'avocats, pour la même raison, alors que l'un des plats les plus savoureux de l'endroit est à base de ce fruit. Et que pour le reste, tout est production locale, fruits et légumes, mais aussi l'alcool, le gin notamment, et bien sûr la bière. Quant au whisky ou à la tequila, elle les vend à perte, ou bien elle est forcée d'en augmenter beaucoup le prix.

Il y a quelques mois, Youssef Farès, qui est oléiculteur, m'a expliqué que même les produits dits locaux sont entièrement tributaires des importations, parce qu'au Liban depuis la fin de la guerre, en raison de l'absurde politique bancaire des taux d'intérêt mais aussi de l'indifférence totale de l'État à l'égard de tout et en particulier de l'industrie, on ne produit absolument plus rien. Ce qui fait, m'a-t-il dit au retour d'une manifestation, alors que nous étions dans un café et qu'autour de nous d'autres manifestants venus prendre une pause posaient leurs drapeaux et leurs calicots sur les sièges autour d'eux, ce qui fait que pour son entreprise par exemple, tout, absolument tout, depuis les bouteilles pour ses huiles jusqu'aux bouchons, en passant par les étiquettes, tout est importé. Chez nous, les produits dits locaux sont en réalité déjà en grande partie des produits d'importation et, avec la hausse du dollar, cette production locale n'est plus beaucoup moins chère que l'autre.

J'ai rapporté cette conversation dont je me souvenais à Marylin, qui a déclaré qu'il y a toujours des moyens de résoudre ces problèmes. Par exemple, à propos de l'excellent gin local, son restaurant achète quelques bouteilles aux producteurs qui ensuite s'engagent à les remplir à nouveau quand elles se vident. "Comme naguère les dames-jeannes, ai-je dit. On revient aux modèles d'échanges anciens." Marylin a ri, ou du moins je crois. Je lui ai fait remarquer que si nous la rencontrions par hasard dans la rue, nous ne la reconnaîtrions pas, parce qu'elle a toujours un masque sur le visage. Elle a ri de nouveau, on le sentait au pétillement de ses yeux.

41

J'ai posé la même question à Adonis, le propriétaire du café de Pénélope, qui est en fait un restaurant, non loin de la rue Badaro, sous les pins du quartier Kfoury. Il y a quelques années, à l'occasion d'un entretien pour *Le Monde*, j'avais donné à la journaliste rendez-vous chez Pénélope, comme nous disons familièrement, et le nom du restaurant était apparu dans le prestigieux quotidien. Adonis m'en a su gré et, depuis, nous discutons et bavardons lorsque nous allons manger chez lui. Sa cuisine est fine, et sa musique excellente. Sur un écran défilent sans cesse des séquences de films muets de Charlie Chaplin ou de Buster Keaton. Il m'arrive souvent aussi de donner mes rendez-vous ici à mes étudiants, pour discuter de thèses en cours et de mémoires, et j'ai même pris l'habitude d'appeler le café "mon bureau", ou "ma cantine". J'ai fait remarquer à Adonis que l'un de mes livres, *Villa des femmes*, est une sorte de réécriture de *L'Odyssée* d'Homère, et que la villa en question n'est autre que la maison de Pénélope. Dernièrement, j'ai aussi pensé qu'en cette époque de départs massifs, de rêves d'émigration des jeunes et de fantasmes irréalisables des plus âgés de revenir au pays, dans ce mouvement incessant et odysséen, Pénélope était le symbole de l'ancrage, de la résistance aux voyous qui prennent le pays en otage, comme les prétendants, dans leur effroyable vulgarité, le font avec la demeure et la famille d'Ulysse dans le récit homérique.

Je n'ai jamais assommé Adonis avec ces interprétations du nom de son établissement, quoique je sois sûr qu'il les apprécierait. C'est un beau jeune homme, athlétique, qui répond bien à son propre nom, même si ma femme trouve qu'avec sa barbe et ses cheveux noirs tombant sur ses épaules, il ressemble plutôt aux représentations classiques de Jésus-Christ. Pour moi, il a bien l'allure d'une sorte de dieu grec, ou de héros, à l'instar justement de son homonyme. L'Adonis légendaire fait partie de la mythologie nationale mais représente aussi un symbole de résurrection, à l'instar d'Osiris, de Dionysos ou du Christ. La fable antique le fait mourir d'une charge de sanglier dans les gorges d'un torrent au sud de Byblos devenu le Nahr Ibrahim (des gorges d'une beauté sublime que l'on a évidemment dévastées récemment pour y bâtir un barrage) et le fait renaître tous les ans au printemps, au même endroit. Je ne sais ce que notre Adonis pense du fait que son nom évoque l'espoir d'une renaissance. Du bien, sans doute. Pourtant, la dernière fois que nous avons mangé chez lui, je lui ai demandé comment il s'en sortait. Il a haussé les épaules. "Période de survie, a-t-il ajouté. Il faut juste réussir à tenir." Puis il a eu cet air que nous avons tous en songeant à l'incroyable puissance d'inertie du nouveau gouvernement et à l'absence de toute tentative de trouver une solution au désastre qui est en train de nous emporter. Pour l'instant, aux yeux de notre Adonis, il n'est pas vraiment question de résurrection.

42

24 juillet

Voici plusieurs jours que les avions israéliens se promènent dans le ciel. On ne les voit jamais, mais leur grognement rauque se lève soudain, se prolonge de longues minutes avant de s'éloigner et de s'éteindre. Hier, le Hezbollah a revendiqué une attaque contre des soldats israéliens. Tout le monde a tendance à penser que le parti chiite pourrait provoquer une guerre et achever de ruiner ce qui reste du pays pour sauver sa propre mise, et celle de l'axe syro-iranien. On ne prête qu'aux riches. Mais il ne se passe rien. Je crois en définitive que le Hezbollah sait qu'un conflit l'entraînerait par le fond avec l'ensemble de l'embarcation. Il est déjà suffisamment embourbé de tous côtés, en Syrie, au Yémen, et son mentor iranien encore davantage. Son propre public localement n'est pas non plus en mesure de supporter une nouvelle guerre. Et Israël de son côté est heureux de le voir ainsi patauger. De ce côté-là, au moins, nous sommes provisoirement tranquilles.

43

Sur les ruines il y en a toujours qui aiment danser. Dans un pays où l'ostentation est un des modes d'être les plus stimulants, faire voir que l'on n'est pas touché par la crise économique ne pouvait manquer de devenir un must. Et les voilà rassemblés là-haut, les riches indifférents, dans les clubs et les chalets huppés de la célèbre station de ski devenue pour l'occasion un centre balnéaire en altitude. Piscines, bars, soirées dansantes, banquets, rires et joie de vivre. "Nous soutenons l'économie, après tout", disserte-t-on, mais pas nécessairement pour se donner bonne conscience. Et en effet, nombre de designers, de créateurs libanais, de restaurateurs sont contraints d'avoir leur stand ou leur table au milieu de tout cela, parce qu'il y a de l'argent, beaucoup d'argent, en grande partie sans doute issu des trente années de détournements de fonds et de corruption. Les réseaux sociaux s'offusquent, les images d'un gamin qui joue avec des dollars comme avec un hochet font le buzz. Et puis subitement, l'invisible méchante chose fait aussi son apparition pour participer à la fête, et se démultiplie, parce qu'ici on ne se soucie pas de distanciation, on est riche, on se croit protégé même des virus. En une journée, les clubs, les restaurants et les pubs se vident, la musique assourdissante se tait, les chalets sont refermés à la hâte, les montagnes retrouvent leur paix millénaire.

44

25 juillet

Ce matin, Mariam m'a annoncé qu'il y avait une fuite d'eau sous l'évier. Après la machine à laver, après les climatiseurs, après le distributeur d'eau potable, après la pompe qui envoie l'eau dans les réservoirs de l'immeuble, voilà enfin quelque chose qui n'a rien à voir avec l'instabilité du courant électrique. J'en étais presque satisfait. Cette impression d'être en permanence victime de cette force méchante qui ruine et détraque tout sans qu'on n'y puisse rien commençait à me harasser. Le plombier est venu. C'est un gaillard à la voix grave, il est jovial, bourru et bavard et ne cesse de conter en travaillant ses prouesses dans la plomberie, mais sous une forme originale, à la manière des épopées, ou des séries Netflix. Cela commence toujours par d'invraisemblables difficultés qui le mettent presque à genoux, il crée le suspense en énumérant les tentatives ratées avant d'en arriver enfin à la solution qu'il a imaginée, qui est toujours tonitruante. Et pour cause. L'histoire qu'il me raconte aujourd'hui est encore celle de l'effroyable complexité du débouchage d'une canalisation d'immeuble. Il a tout essayé, c'était bloqué, et finalement, il a eu recours à de l'essence, qu'il a versée dans la tuyauterie avant de l'allumer. Avec la pression, cela a explosé, et alors, a-t-il ajouté, prenant à témoin son apprenti qui a acquiescé sur tout, à chaque étage les regards ont littéralement sauté ainsi que des bouchons, tandis que dans la rue, le regard municipal projetait comme un ressort une voiture garée dessus et qu'un type se précipitait dehors, un matelas sur le dos, croyant à une attaque israélienne. J'ai eu l'impression qu'il me racontait un gag de Gaston Lagaffe et je n'ai pas su que penser de son affaire, j'ai beau n'y rien connaître, je l'ai trouvée bizarre, malgré les acquiescements de l'apprenti.

Ce dernier n'avait rien de l'apprenti classique : il était âgé, un peu fatigué, courbé, anxieux, remuant sans cesse le genou. Le plombier lui parlait avec déférence et ne lui demandait que de menus services. Finalement, il l'a prié très aimablement, presque en s'excusant, de descendre à la voiture pour rapporter une boîte de joints. Le vieil ouvrier sorti, le plombier en a profité pour m'expliquer que ce pauvre homme était son frère aîné, de quinze ans plus âgé que lui. Il travaillait dans une entreprise de fabrication de meubles qui l'a licencié, en lui octroyant trois mois de salaire, mais au taux ancien, ce qui a réduit cet argent à rien. "Il est venu chez moi me supplier de lui donner quelque chose à faire. Mais qu'est-ce que je peux lui donner à faire ? Rien, il ne connaît rien à ce métier. Et je ne peux pas le lui faire sentir, c'est mon frère aîné, il nous a presque élevés, mes frères et moi. Alors je l'emmène avec moi, comme ça, ça lui donne l'impression de travailler. – Et les indemnités après son licenciement ?", ai-je demandé. Le plombier m'a rappelé alors que les indemnités sont payées par la Caisse de sécurité sociale, qui est en faillite. J'ai eu honte d'avoir posé cette question ridicule. "Plus aucun salarié ne verra l'ombre de ses économies ou de ses indemnités, pendant des années, a conclu le plombier. Les misères noires sont à venir. On n'a encore rien vu."

45

27 juillet

Depuis plus de deux ans, toutes les aides financières internationales sont bloquées, et les gouvernements successifs ont été avertis qu'elles ne seront débloquées que si des réformes sont entreprises au plus haut niveau de l'administration, pour enrayer la corruption et rendre plus transparentes les dépenses publiques. Rien n'a été fait, naturellement, pendant deux ans. Les aides ne sont donc jamais arrivées, et le pays s'est effondré. L'une des réformes exigées, m'a souvent expliqué Nadine, c'est l'informatisation des appels d'offres afin de les rendre accessibles au public, ce qui permettrait la traçabilité de toutes les dépenses. Or ce serait compliquer terriblement la tâche de tout le gigantesque système de détournements de fonds sur lequel est bâti le régime politique. Le nouveau cabinet qui a promis d'engager ces réformes ne fait rien, évidemment.

Ce soir, une brève mobilisation dans le centre de Beyrouth a entraîné la fermeture de quelques artères. En fin de soirée, je suis allé chercher Nadim chez un de ses amis. J'ai dû faire plusieurs détours, des rues étaient barrées, mais il n'y avait personne, seulement des bennes à ordures brûlant dans la nuit, fantomatiquement.

46

28 juillet

Les contaminations ont encore augmenté, et le reconfinement provisoire est décidé. C'est l'accomplissement annoncé du désastre pour nombre de petits commerçants et de restaurateurs.

Le Covid-19, la crise économique, la ruine de l'État, la chaleur plus précocement étouffante cette année et qu'accompagnent les coupures de courant, l'agaçant bruit de tondeuses à gazon des drones israéliens comme l'épée de Damoclès de la guerre suspendue en permanence au-dessus de nos têtes : en faut-il davantage pour déchaîner les sarcasmes sur les réseaux sociaux ? Triple et quadruple peines, dix plaies d'Égypte, tout un lexique qui joue la victimisation, l'impuissance, la soumission à des calamités annoncées et dont on pense qu'elles sont fatalement survenues. Une stupide coutume des télévisions locales les pousse à inviter de soi-disant devins à qui l'on confère très sérieusement le rôle de pythies, dont on ausculte sans fin les propos, et sur les prédictions desquels on calque les événements advenus pour s'assurer de leur conformité avec ce qui était annoncé. Le désarroi est total.

47

29 juillet

J'ai appelé le propriétaire du terrain à la montagne, pour rediscuter du prix qu'il me propose et des conditions de paiement. Il refuse obstinément de baisser ses tarifs, et tente tout ce qu'il peut pour avoir le plus d'argent liquide possible. Il ne parvient pas à comprendre que je n'ai pas d'argent liquide, que tout ce que nous possédons est prisonnier de la banque et que je m'apprête à le lui donner presque intégralement, que cela passera de mon compte sur le sien. Finalement, il a proposé de me vendre une parcelle plus petite. J'ai dit que j'irais la voir. Je me suis aperçu en raccrochant que mon propre entêtement et ce désir de posséder une terre sur laquelle cultiver quelques arbres et surtout bâtir une petite maison, même si je me demande avec quoi, ne sont plus seulement le fantasme ancien d'un individu issu d'une famille traditionnellement citadine, mais une sorte de défi inconscient. Acheter une terre avec les derniers sous qui vous restent, rêver de construire dessus quelque chose, cela devient un acte de résistance contre l'idée même d'effondrement.

48

1er août

Nous avons fêté Noël dernier sans décorations, sans lumières, dans une morosité extrêmement déprimante. Dans quelques mois, lors du prochain, il n'y aura peut-être même pas de sapin. Aujourd'hui, huit mois après, nous célébrons la fête du sacrifice sans sacrifices, parce qu'il n'y a plus de moutons. Sur les réseaux sociaux, les sarcasmes vont bon train : cette année, les moutons peuvent dormir tranquilles, c'est le peuple qui est sacrifié à leur place. Étrange interprétation chrétienne de l'idée du remplacement de l'agneau.

Sur un mur, ce graffiti que j'ai noté il y a quelques jours et qui procède à une belle inversion : *Le régime souhaite la chute du peuple.*

49

3 août

Le florilège d'aujourd'hui, comme tous les jours, inlassablement : annonce du licenciement de quatre-vingt-dix employés du Centre d'inspection mécanique, et d'une réduction de moitié des rémunérations pour les autres ; grève à la municipalité de Baalbek parce que les salaires ne sont plus versés ; nouvelle crise des déchets à l'horizon ; manifestation devant le ministère de l'Énergie, violences et heurts avec la police.

Sur des images diffusées par des militants, on entend un manifestant crier, comme on l'a souvent entendu ces derniers mois, en s'adressant aux forces de l'ordre immobiles et impassibles devant lui et lui faisant barrage. Il les harangue inutilement : "Qui défendez-vous, là ? Qui défendez-vous ? Quel pouvoir, quel gouvernement ?" Puis il s'adresse à l'un d'entre eux en particulier, en le désignant de l'index : "Toi, par exemple, tu touches combien par mois ? Un million et demi de livres, deux millions tout au plus ? Et ils valent combien, tes deux millions, aujourd'hui ? Tu peux t'acheter quoi avec ça ?" Aucun des hommes des forces de l'ordre ne réagit, ils ont tous l'air absents au-dessus de leurs masques sanitaires, jusqu'à ce que le regard de l'un d'entre eux croise celui du manifestant qui crie. Il le soutient un instant, on pense que c'est par défi, mais il finit par baisser les yeux, puis la tête.

Durant les manifestations d'octobre et novembre, face à la foule immense, face aux chants, aux slogans, à l'enthousiasme, certains militaires avaient perdu leur sang-froid et éclaté en sanglots. Ils sont devenus plus durs, depuis.

50

4 août

La décision de partir pour le Canada avec sa famille, Sabine l'a prise difficilement il y a deux mois. Comme beaucoup d'autres, elle craint de ne plus parvenir à tenir face à la dégradation générale des conditions de travail et de vie. La faillite de l'État qui ne subventionne plus les institutions d'aide aux personnes à besoins spéciaux comme son fils, et la fermeture de l'établissement où ce dernier était pris en charge, l'ont définitivement décidée à lever l'ancre. Cela est particulièrement déchirant pour elle, parce qu'elle avait déjà émigré, avec ses parents, il y a trente ans exactement, en 1990, comme beaucoup d'autres, à la suite des guerres calamiteuses du général Aoun. Lorsqu'elle a arrêté la date de son départ fixé désormais au 7 août, départ qui se produit à nouveau comme une malédiction sous la présidence du même Aoun, elle s'est aperçue qu'il y a trente ans aussi, elle était partie un 7 août.

De jour en jour, en fonction de nos visites chez elle, nous suivons la progression de ses préparatifs, la maison où il n'y a plus rien, les affaires vendues, le salon qui se vide, puis les chambres, les murs, les sols. Et les valises qui remplacent le mobilier.

51

Cet après-midi, le chiffonnier

52

10 août

Jusqu'à ce matin, je n'ai pas pu rouvrir ce document. Et aujourd'hui, en le faisant, en relisant le chapitre que je venais d'achever puis les notes pour les suivants que j'avais sommairement rédigées avant de me lever et que l'explosion ait lieu, j'ai l'impression de lire les histoires d'un autre temps.

En remontant dans la lecture de ces fragments écrits durant le mois passé, c'est comme si j'entrais dans une pièce où sont conservés intacts les quelques lointains souvenirs d'une époque heureuse.

C'est dire…

53

Comme si tout cet effondrement que je racontais n'avait pas été assez rapide, comme si cette déliquescence n'avait pas été assez leste, je ne sais quelle force maligne aura décidé de les précipiter et voici qu'en quelques secondes, tout ce qui restait encore debout a été envoyé à terre.

54

Mardi 4 août, 18 h 07. Je travaille sur la terrasse où j'ai achevé le chapitre sur les préparatifs de départ de Sabine. Avant de poursuivre le suivant dont j'ai écrit les premiers mots, je me lève et m'apprête à rapporter à la cuisine une assiette de fruits que je viens de finir lorsque je reçois un message vocal. Je pose l'assiette sur une petite table et lance le message que je commence à écouter, debout. Soudain le sol se met à bouger avec une violence incroyable, accompagnée d'une sorte d'affreux rugissement. Épouvanté, je sens la terrasse aller et venir comme une pauvre balançoire et je pense évidemment qu'il s'agit d'un tremblement de terre. L'esprit tétanisé, immobile au milieu du séisme comme si le moindre mouvement pouvait accroître l'impression de perte générale de contrôle des choses, je ne fais rien d'autre que me dire : “ça va finir ça va finir ça va finir”, et je pense aussi : “les enfants les enfants”, ou encore : “le béton est solide ça va tenir le béton est solide ça va tenir”, tandis que mon œil capte sans les gérer les informations sur les objets qui tombent autour de moi et se brisent au sol. Et puis ça s'arrête d'un coup de rugir et de bouger, je vais me précipiter à l'intérieur lorsque je suis à nouveau cloué sur place, submergé par le fracas interminable et monstrueux d'une énorme explosion, et mes yeux cette fois se fixent sur ce paysage familier, les arbres, les immeubles au loin, tout ce que j'ai devant moi en permanence et qui semble à cet instant comme foudroyé par l'affreuse bande-son qui s'est plaquée dessus. Quand cette horreur à son tour est passée, je cours enfin à l'intérieur en me rendant compte que je ne comprends toujours pas ce qui est arrivé, "tremblement de terre, d'accord, mais pourquoi cette explosion ?", ou alors : "explosion, d'accord, mais pourquoi un tremblement de terre juste avant ?". Sauf qu'il y a plus urgent, il y a mes enfants paniqués, Nadim qui a du sang sur les jambes, et ma femme qui les a réunis et qui les enserre de ses bras pour faire rempart à on ne sait quoi.

C'est au bout d'encore quelques minutes de désarroi, de gesticulations fébriles (afin de trouver de quoi essuyer le sang de la très légère blessure de Nadim, de prendre, en évitant de marcher sur les bris de vitres, de l'argent et nos cartes d'identité dans l'éventualité de devoir sortir pour ne plus revenir en cas de réplique), que les premières informations se mettent à nous parvenir, par message ou par téléphone – parce que les communications n'ont pas été interrompues –, et que l'impensable se fait jour : tous ceux que l'on arrive à appeler, tous ceux qui déjà mettent des posts sur les réseaux sociaux, ou qui lancent des appels au secours, tout le monde d'un bout à l'autre de la ville semble avoir vécu les mêmes longues secondes de cauchemar, et c'est bien cela qui est incompréhensible, parce que chacun pensait que c'était sa maison, son quartier, sa rue qui étaient visés, et on s'aperçoit que nous l'étions tous, en même temps.

55

Les ravages de l'explosion ont atteint presque toutes les parties de la capitale, à des degrés divers. Mais il est indubitable que les plus touchés sont le versant nord de la colline d'Achrafieh et toute la façade maritime nord de la ville, jusqu'à Ain el-Mreissé en passant par le centre. Et au sein de cet ensemble, les dégâts les plus terribles sont ceux advenus tout le long des quartiers de Gemmayzé, de Mar Mikhaël et de leurs alentours, depuis le port jusqu'aux marches de Bourj Hammoud. En quelques secondes, le souffle détruit des dizaines de milliers d'appartements dans les immeubles et dans les tours hyper modernes qui émaillent ce territoire très découvert, pulvérisant, balançant de tous côtés vitres, fenêtres, portes, mobilier entier et les habitants avec. Mais le béton résiste, la structure des immeubles tient, alors que des centaines de vieilles demeures sont éventrées, et que leurs murs en vieilles pierres de sable s'effondrent sur leurs occupants, tandis qu'instantanément des centaines de cafés, de restaurants, de pubs et de commerces ne sont plus que décombres, que des dizaines de voitures parmi celles qui passaient sur l'avenue qui borde le port sont éjectées, jetées en l'air et retombent comme des jouets, et que des milliers d'autres dans des centaines de rues sont d'un seul coup ensevelies sous les milliers de tonnes de vitres, de tuiles, de pierres qui ont couvert les rues. Durant ces quelques secondes, l'onde de choc balaye la colline d'Achrafieh jusqu'à son sommet, puis les premières rues de son versant sud, ravageant en un clin d'œil toutes les installations, toutes les chambres et tous les blocs opératoires et toute la population qui se trouvait dans l'hôpital Saint-Georges, dans l'hôpital Geitaoui et dans celui du Rosaire, toutes les salles et toutes les collections du musée Sursock, toutes les boutiques et leurs centaines de badauds et de clients dans le centre commercial de l'ABC, dans tous les supermarchés, dans les magasins, les petits commerces, les échoppes. Et durant ces mêmes quelques secondes, vers Bourj Hammoud et la voie rapide en direction de Dora en passant par le quartier de la Quarantaine et son hôpital à l'est, et à l'ouest vers la colline Ain el-Mreissé, en passant par Khandak el-Ghamik et le centre-ville où la quasi-totalité des magasins en un instant n'existent plus, c'est la même inexplicable et monstrueuse tempête qui souffle tout. Après quoi, pendant les deux ou trois minutes qui suivent, partout, dans les rues brumeuses et blanches à cause de la poussière et des gravats qui fument, les passants hagards et les habitants qui sont parvenus à sortir ne sont plus qu'une effroyable théorie de fantômes ensanglantés, alors que les dizaines de milliers d'hommes et de femmes qui vivaient leur vie dans les maisons, les bureaux et les commerces, sur un territoire qui équivaut à lui seul à une ville entière, sont encore à ce moment prisonniers des gravats, des ruines, du sang, des cris et des appels au secours…

56

Dans la soirée de ce 4 août, j'ai dû accompagner Nadine à l'hôpital. Elle était blessée, elle nous l'avait annoncé au téléphone dès les premières minutes. Elle était chez elle avec Camille, au moment de la première explosion (que nous n'avons pas perçue de notre côté, parce qu'elle devait s'être confondue avec la deuxième dans le même roulement). Ils se levaient précipitamment lorsque la deuxième et la plus terrible retentissait et que son souffle pulvérisait le mobilier et en balançait les morceaux de tous côtés autour d'eux. Quand ils ont retrouvé leurs esprits, ils sont sortis pour essayer d'aller aux urgences de l'hôpital Rezek, ils ont marché au milieu des décombres, de la poussière, des vitres, des gens couverts de sang, des embouteillages de voitures hululant et chargées de blessés. Les urgences étaient déjà saturées, une pharmacienne lui a refermé la plaie, mais durant les heures qui ont suivi, elle ne se sentait pas bien. Je suis allé la prendre chez elle, pour tenter de la conduire à l'Hôtel-Dieu, où l'on savait néanmoins que le chaos était grand. Dans les rues, l'absence d'électricité rendait le spectacle complètement spectral. On avait l'impression de circuler dans une cité bombardée durant de longues heures. Les phares des voitures qui roulaient au pas et les rares lieux éclairés donnaient aux destructions visibles une allure fantasmagorique. Le bruit de verre brisé sous les pneus était constant, et on croyait voir sur les trottoirs les premières neiges d'automne d'une ville du Nord. Les embouteillages pour atteindre l'hôpital étaient interminables parce que certaines artères étaient obstruées par les ruines et les effondrements de bâtiments, par les secours et par les ambulances qui hurlaient sans discontinuer.

Il a été évidemment impossible d'accéder aux urgences et nous avons dû nous contenter de soins rapides à l'extérieur des murs, au milieu de l'incommensurable désordre et des centaines de blessés dont des équipes débordées s'occupaient à même le sol ou sur le bord de plates-bandes ensanglantées.

À mon retour, j'ai trouvé un ami de mes enfants. Ses parents l'avaient déposé chez nous, après qu'il les avait accompagnés chez sa tante et qu'il avait vu les ruines de sa maison, et sa tante blessée. C'est un garçon d'une douceur et d'une délicatesse extrêmes qui tentait ce soir-là de cacher son anxiété et son agitation mais ne tenait pas en place et n'arrivait pas à s'asseoir plus de dix secondes d'affilée.

57

Depuis mardi soir 4 août et jusqu'à aujourd'hui, ceci : Reina est aux soins intensifs, grièvement blessée, Jad a quelques blessures, mais il n'a plus de maison, Omar est blessé, Karim n'était plus au bureau au moment de l'explosion, ni aucun de ses employés, heureusement parce qu'il n'y a plus de bureau, Paula est sauve parce qu'elle est entrée dans la cuisine de la permanence du parti quand tout a sauté, mais Salam qui était dans la grande salle est blessée à la tête, Monique est blessée à la jambe, on l'a soignée à la va-vite aux portes de l'hôpital parce qu'il y avait des cas plus urgents, un ami dentiste a fait des points de suture sans anesthésie à Nathalie blessée au dos, la vénérable entreprise de Paula et Marwan est ravagée, la maison de Karine est soufflée, l'appartement de Sandra est en ruine, ainsi que celui de Pierre et Nada, Jean-Marc est mort, l'hôtel de Michel est dévasté, les bureaux de Hatem sont en morceaux, Walid a soigné et suturé les blessures de son frère et de son neveu chez lui au milieu des décombres, les boutiques de Ralph ne sont plus que décombres, la maison de Sophie est en morceaux, ainsi que celle de sa mère, le restaurant de Kamal est ravagé, l'atelier de Rabih n'existe plus et Rabih est blessé, Michka est à l'hôpital, sévèrement blessée, mais elle va s'en sortir et son mari aussi, les Moussa sont saufs, mais il y a eu un blessé chez eux, l'appartement de Marianna est très endommagé, Chantal a été blessée dans sa maison et sa mère est morte à ses côtés, dans l'immeuble de Haïfa, deux personnes sont mortes, le bâtiment où Marwan a son atelier risque de s'effondrer, Malak n'a plus de maison, du magasin de Rosa-Maria il ne reste rien, la maison de Raïfé est en ruine, la mère de Marylin est blessée, les Copti sont saufs par miracle, on les a retrouvés sous les décombres de la belle vieille demeure qui s'est effondrée presque entièrement sur eux et on les pensait morts, la galerie Tanit n'existe plus, les ateliers de Sarah non plus, Tia est légèrement blessée mais sa maison est ravagée, la maison de Bertrand est détruite, il s'en est sorti par miracle, et ses enfants de même, mais la petite Alexandra est morte

58

Et aussi ceci : Il a été soulevé et projeté contre la télé, *le canapé a volé et il est retombé sur elle*, j'ai marché comme une somnambule dans la rue avant de m'apercevoir que tout le monde était blessé autour de moi, *elle était assise ensanglantée sur les escaliers mais je ne savais plus quoi faire pour l'aider*, elles se sont retrouvées à terre, côte à côte, mais aucune des deux ne pouvait plus se relever, *on a perdu sa trace et on a fini par le retrouver à l'hôpital de Bhannes*, les serveurs sont rentrés en criant puis tout s'est effondré sur nos têtes, *je l'ai entendu gémir mais j'étais bloquée sous le bloc de vitres*, elle était en train de suspendre le linge elle s'est précipitée mais un morceau d'aluminium puis un compresseur de climatiseur lui sont tombés dessus de l'étage au-dessus, *tout le mobilier de la pièce a été aspiré vers le fond et une table a volé et lui a défoncé le thorax*, elle est sortie pieds nus du magasin au milieu des gravats et des vitres l'épaule défoncée la main en lambeaux et c'est un motard qui l'a prise en croupe jusqu'à l'hôpital, *un bout de fenêtre s'est effondré et lui a fracassé l'épaule et arraché l'oreille*, il a fallu la sortir comme un pantin par la vitre cassée de sa voiture, *quand je me suis redressée, il avait le visage en sang et criait en faisant de grands gestes en direction de la maison éventrée*, on lui a recousu sa blessure debout dans le couloir des urgences, *c'était le chaos ma blouse blanche était complètement ensanglantée mais je ne savais pas où j'étais blessée j'entendais des cris mais je ne savais pas si c'étaient les patients ou les infirmières et en essayant de me relever j'ai vu que les machines avaient écrasé le malade sur son lit*, elle a compris que sa mère était morte sur le coup elle ne pouvait plus rien faire elle est sortie dans la rue avec une énorme blessure au bras, *une voiture s'est arrêtée et m'a embarquée il y avait déjà trois autres blessés dedans et du sang partout je n'ai jamais su qui était le chauffeur*, on l'a retrouvée recroquevillée sur elle-même dans un fauteuil et elle pensait qu'elle était morte, *nous avons à peine eu le temps de réagir à la première explosion que soudain tout s'est effondré autour de nous et je me suis retrouvé couché sous une partie du comptoir avec une terrible douleur au ventre*, ils ont eu du mal à soulever le portail en fer qui l'avait écrasé, *la poussière était suffocante je n'arrivais plus à respirer ni à voir j'entendais seulement les cris*, elle a été projetée au milieu des décombres et quand elle est retombée elle n'avait aucune blessure mais elle était morte, *j'ai voulu revenir prendre mes lunettes après la première explosion elles étaient posées sur la table je les voyais là à bout de bras mais je n'ai pas pu avancer je me suis aperçue que j'étais blessée à la jambe et trois secondes plus tard il n'y avait plus ni table ni lunettes et je serais morte si j'avais pu avancer pour les saisir*, il a fini par réussir à s'extirper de sous les étagères qui s'étaient effondrées sur lui mais il n'a pas pu se lever et a rampé jusqu'à la porte du magasin, *elle est tellement maigre que le souffle lui a cassé une côte*, c'était le chaos aux urgences il y avait du sang partout des cris des pleurs les gens sur le sol sur les comptoirs j'étais en train de soigner la blessure d'un garçon couché sur un bureau lorsqu'en levant la tête dans la foule j'ai reconnu ma mère entièrement ensanglantée, *je me suis retrouvé à quatre pattes j'avais du sang et de la poussière blanche sur les mains et mon nez saignait*, la table a été projetée contre elle et lui a arraché le bras, *ils ont essayé d'ouvrir la portière de la voiture mais se sont aperçus qu'il était déjà mort*, il dit qu'il a vu la bibliothèque voler avec tout son contenu et qu'après ça il l'a entendue crier, *quand je me suis redressé il y avait du sang sur les murs et les morceaux de meubles, je ne les ai pas trouvés de suite et je me suis mise à les appeler en hurlant avant de les voir venir vers moi dans l'obscurité blanche avec du sang sur les jambes*, ses poumons ont éclaté, *tout s'est effondré il ne restait plus rien*, on l'a retrouvé mort deux heures après, *elle s'en sortira peut-être*, je ne sais pas ce que sont devenus mes chats

59

En cinq secondes : deux cents morts, cent cinquante disparus, six mille blessés, neuf mille bâtiments endommagés, deux cent mille habitations détruites ainsi que des centaines de bâtiments patrimoniaux et historiques et quatre hôpitaux, dix mille commerces, ateliers, échoppes, boutiques, restaurants, cafés, pubs réduits en miettes, des dizaines de galeries d'art, d'ateliers de peintres et de sculpteurs, de stylistes, de designers, d'architectes balayés. En cinq secondes.

En septembre 2013, le *MV Rhosus*, un cargo battant pavillon moldave en provenance de Batoum et transportant 2750 tonnes de nitrate d'ammonium à destination du Mozambique, fait escale, pour des raisons que nul n'a encore réussi à éclaircir, dans le port de Beyrouth où son état est jugé impropre pour la poursuite du trajet. Le propriétaire, un Russe du nom d'Igor Gretchouchkine, refuse de payer les redevances portuaires, les réparations nécessaires et le salaire de ses marins et abandonne le navire à son sort. Le propriétaire de la cargaison, une compagnie géorgienne du nom de Rustavi Azot, renonce à rentrer en possession de son bien. En mars 2014, cette cargaison est finalement débarquée sur le port et stockée dans le hangar n° 12. Quelques mois plus tard, le cargo coule à quai et la cargaison n'est plus réclamée par personne. Nul ne s'en soucie, ou alors vaguement, et des notes, mais juste des notes, sont envoyées par divers services à leurs ministères de tutelle, sans être jamais relayées. Certaines de ces notes arrivent pourtant au plus haut de la hiérarchie de l'État, qui ne leur accorde aucune attention, et la cargaison cataclysmique continue de dormir ainsi pendant six ans dans la plus parfaite indifférence. Sauf que les experts en industrie chimique estiment peu probable que la quantité déclarée ait réellement explosé. Ils pensent que les dégâts auraient été beaucoup plus considérables qu'ils ne l'ont été. Pourtant, le manifeste enregistré à la capitainerie du port en septembre 2013 évoque bien ce chiffre de 2750 tonnes. Une partie du nitrate d'ammonium aurait donc pu être sortie et utilisée entre-temps, ce qui signifierait que la cargaison n'était pas oubliée, ne dormait pas, et qu'elle était bel et bien utilisée par une partie qui demeure jusque-là mystérieuse, et utilisée grâce à d'innombrables complicités, fruits de corruption, de collusion ou de calculs politiques et stratégiques divers.

Du coup, bien sûr, toutes les aberrations concernant l'historique de ce stock terrifiant prennent sens. Les mensonges ne semblent plus destinés à couvrir des négligences ou de l'amateurisme, mais à cacher des vérités autrement plus troubles. Un armateur qui abandonne son bateau, ce bateau qui coule dans le port, une société qui ne réclame plus sa cargaison qui vraisemblablement coûte une fortune, un pays de destination qui affirme le plus naturellement du monde avoir fait une nouvelle commande puisque la première ne lui est tout simplement jamais parvenue sans qu'il s'inquiète des raisons : tout confirme qu'il s'agit là d'un mauvais roman et laisse à penser que la destination finale de ces milliers de tonnes était bien le Liban. Et surtout que, très probablement, ce matériau était en voie d'utilisation depuis le premier jour. Le contrôle qu'exerce le Hezbollah sur le port de Beyrouth amène fatalement à considérer que c'est sous son égide que cet usage a été fait, et bien évidemment aussi pour des raisons militaires. Ce qui expliquerait le silence des autorités portuaires, qui auraient fermé les yeux par crainte, collusion ou corruption.

Quant à savoir ce qui a directement causé le drame, les hypothèses sont nombreuses – accident, attaque, aérienne ou pas, ou sabotage. Le seul élément certain, c'est que, durant les cinquante minutes qui ont précédé la catastrophe, quelque chose brûlait dans un hangar jouxtant celui qui portait le numéro 12. Tout le monde l'a vu, j'ai moi-même suivi la progression du feu avec une relative indifférence, sans savoir ce qu'il réservait, grâce aux images filmées et postées durant une conversation collective sur WhatsApp. Ce qui a provoqué cet incendie reste un mystère, et ce que contenait le hangar voisin de même. Sur les vidéos, on distingue nettement à un moment donné d'étranges zébrures lumineuses et des crépitements, au point que ces images ont poussé certains responsables du port à parler d'un stock de feux d'artifice logé près du nitrate d'ammonium. Ces gesticulations et ces mensonges éhontés n'ont fait qu'accréditer un peu plus les hypothèses avançant que le dépôt voisin incendié contenait en fait des armes ou des munitions, ce qui rendrait absurdement homogène et cohérent le contenu des deux hangars.

Que cet incendie ait été accidentel ou intentionnel, qu'il y ait eu des armes à proximité ou pas, les distinctions n'importent plus guère. Dans l'un ou l'autre cas ou dans n'importe lequel, ou dans toute autre circonstance ayant abouti à cette situation dans le port de Beyrouth, il ne résulte qu'une seule chose : le 4 août 2020, à 18 h 07, la cargaison, ou ce qui en reste, chauffée par l'incendie, ou emportée par l'explosion d'un dépôt d'armes, ou bombardée, explose. Six années d'opacité et d'irresponsabilité, résultat de trente années de corruption et de mensonges, de politiques mafieuses, de collusions entre les divers services de l'État, les divers ministères, les partis politiques et leur clientèle, de manigances géopolitiques aberrantes et de sinistres logiques guerrières planifiées par des milices criminelles se concentrent, se condensent de manière terrifiante et génèrent les cinq secondes de l'apocalypse.

60

11 août

Depuis la première nuit, nos enfants passent par des moments de grande déprime. Ils ont du mal à mettre du sens à ce qui nous arrive. La solution qu'ils ont trouvée a été celle d'aller sur le terrain, de se joindre aux milliers de personnes – des jeunes en particulier – qui se sont engagées dans les travaux de déblaiement, et de lever des décombres, en l'absence de toute présence ou de toute initiative de l'État, qui n'est plus que déliquescence, ou du gouvernement, qui n'est qu'une farce. Nous les avons aidés à entrer en contact avec des associations, dont la plupart sont déjà en sureffectif et n'ont plus besoin de bras. Jamais, depuis le début de l'insurrection d'octobre passé, un tel mouvement spontané n'avait poussé tant de monde dans les rues, et jamais des rues sinistrées n'avaient été aussi encombrées, envahies par une marée de gens portant balais, pelles, masques, casques, offrant boisson et nourriture comme dans une sorte de rage de s'occuper, de refuser de se laisser abattre, dans une sorte de liesse du désespoir, au milieu des ruines des maisons effondrées et des petits immeubles abîmés, à l'ombre des grandes tours saccagées, mastodontes vaincus mais toujours debout, inquiétants et fascinants à la fois, comme de redoutables fantômes et comme la preuve aussi que nous ne sommes pas à genoux.

Finalement, Saria, Nadim et leurs amis ont été sollicités afin de se rendre à l'hôpital Saint-Georges, où les dégâts sont énormes. Mais à leur arrivée, il y avait déjà tant de bénévoles qu'ils n'ont pu aider. On les a alors dirigés vers un appartement où on avait besoin d'eux, et ils se sont chargés d'en déblayer les gravats et de trier ce qui pouvait y être sauvé, avec l'aide de la famille du vieux couple qui habitait là. Les deux personnes âgées ont été blessées. Il y avait du sang sur le sol et dans les gravats.

61

Ils ont aussi été sollicités pour déblayer le cabinet d'un médecin. À leur retour, ils avaient des photos d'objets qui les faisaient rire, téléphone en bakélite, vieille installation pour tourne-disque et radiocassette, des machineries compliquées à leurs yeux, et qui renvoient à des salles de pilotage d'engins spatiaux dans des films d'anticipation déjà périmés. Ils n'en comprenaient pas toujours l'usage et, moi, je me suis demandé ce que pouvaient encore faire de tels objets dans un cabinet de médecin d'aujourd'hui. Saria m'a dit qu'en fait, c'était le cabinet d'un vieux praticien, décédé depuis longtemps, et que ses enfants avaient gardé tel quel depuis. Elle m'a montré la photo d'un billet de cinquante livres, hors d'usage depuis les années 1980, qu'elle avait trouvé dans un tiroir éjecté hors de sa place par l'explosion. J'ai imaginé que c'étaient les derniers honoraires perçus par ce médecin, restés dans ce tiroir pendant cinquante ans.

Ce cabinet médical conservé durant des décennies hors de la marche du monde m'a évidemment fait penser à la maison d'Iver Grove que décrit W. G. Sebald dans *Austerlitz*. Mais contrairement à ce qui se passe à Iver Grove, où le présent entre précautionneusement en contact avec ce qui est demeuré en suspens pendant quarante ans, le temps maintenu à l'écart a afflué ici très brutalement. Il l'a fait avec la même violence dans de nombreux autres endroits de la ville où le passé était contenu différemment, comprimé et presque embaumé avec l'avare jalousie des traditions familiales aristocratiques et de leur généalogie. Dans de nombreuses demeures historiques des quartiers ravagés de Beyrouth, les décors et les mobiliers anciens ne sont plus que poussière, ruines et gravats. La lente et méticuleuse sédimentation du temps a été balayée en un clin d'œil par le souffle d'un présent vengeur et incompréhensiblement cruel.

62

Les vidéos sont nombreuses des instants qui ont précédé l'explosion, puis qui l'ont suivie. Souvent les téléphones qui filmaient l'incendie préliminaire ont sauté des mains de ceux qui les tenaient au moment de la déflagration et il n'y a plus ensuite qu'un affreux imbroglio d'images. En revanche, sur les enregistrements des caméras de surveillance des lieux publics et des commerces, on assiste en direct, de haut et comme dans une vue panoptique, à la mise à mort de la ville. Les plus dures sont celles des hôpitaux, où l'on voit simultanément et en quelques secondes, dans les couloirs et les chambres, dans les salles d'opération et dans les pouponnières, s'effondrer les murs et les plafonds et s'écrouler toutes les installations, tout le décor et toutes les machines sur les malades, le personnel soignant, sur les visiteurs et sur les berceaux des nouveau-nés.

63

Les récits et les témoignages terrifiants des milliers de blessés, de survivants et de tous ceux sur qui est passé le souffle sinistre, nous les entendons et les entendrons encore longtemps. Mais nous n'entendrons jamais ceux des quelques dizaines d'hommes et de femmes qui se trouvaient dans le port, devant les hangars 11 et 12 ou au pied du silo à grains, ce mardi à 18 h 07. Ceux-là sont les témoins décisifs et définitivement muets de ce qui s'est produit au cœur même du drame. Il ne reste rien d'eux, sinon des bribes sur les ultimes instants avant qu'ils n'entrent dans ce qui sera sans qu'ils s'en doutent le dernier cercle de l'enfer. Les pompiers et les jeunes femmes secouristes appelés au moment de l'incendie et qui, sur d'anciennes photos où on les voit ensemble dans leurs tenues de cosmonautes, ont vraiment l'air de héros de films d'anticipation ; les dockers syriens ou libanais qui étaient restés sur place après les horaires de travail afin de faire une ou deux heures supplémentaires pour trois dollars de plus ; les travailleurs étrangers, pakistanais ou bangladais : nous les célébrons comme des héros, mais leur disparition ne s'accompagne d'aucun récit. Nul ne pourra jamais dire avec quelle soudaine brutalité s'effacent la vie et la matérialité même des corps à l'endroit précis où deux mille sept cent cinquante tonnes de matériaux explosifs explosent.

64

12 août

Ces derniers jours, ce sont surtout les matins qui sont difficiles, dès l'instant où, en ouvrant les yeux, je me souviens du gâchis énorme, celui de la ville, des vies perdues, et celui de notre avenir. Nayla m'a raconté qu'au cours de la nuit dernière, elle s'était réveillée en se demandant pourquoi elle avait un poids sur la poitrine, et qu'est-ce qu'il y avait de nouveau dont elle ne se souvenait plus, qui s'était ajouté à la destruction de la moitié de la ville, à la crise économique, au Covid-19. Elle s'était endormie dans l'espoir de ne pas se le rappeler. Au matin elle était presque soulagée qu'il n'y ait rien de plus, rien de nouveau.

Durant la journée, le moral remonte un peu, au spectacle notamment de cette immense jeunesse qui s'est levée comme un seul homme pour prendre sur elle d'effacer les traces du cauchemar et d'aider à commencer à rebâtir, en l'absence de l'État voyou dont tout le monde vomit jusqu'aux plus anonymes de ses représentants et les chasse dès qu'ils osent apparaître sur le terrain au milieu des ruines. Au spectacle aussi de la mobilisation de la société civile soutenue par un élan international immense, et du travail solidaire d'un peuple entier qui a décidé qu'il ne plierait pas ou, s'il avait plié sous la violence du coup porté, ne casserait pas.

65

Durant un siècle, les quartiers de Gemmayzé et de Mar Mikhaël, les plus touchés par l'explosion, ont été habités sur les hauteurs par l'aristocratie marchande, et dans leurs parties basses par une population migrante venue de la montagne, ainsi que par les réfugiés arméniens. Jusqu'au seuil des années 2000, Gemmayzé et Mar Mikhaël ont été constitués de rues bordées de petits artisans, de garages mécaniques et de toutes sortes de commerces. Dès les premières années du siècle, et conformément à une grande vague mondiale, cette région s'est transformée par l'arrivée de cabinets d'architectes, d'ateliers de stylistes et de peintres, et de galeries d'art parmi les plus importantes du Moyen-Orient. En même temps s'y développaient, à côté d'une conservation de bâtiments patrimoniaux traditionnels, de gros projets architecturaux représentatifs de la créativité contemporaine au Liban. Cette activité s'est ensuite élargie aux friches industrielles ou aux zones de hangars autour du port, elles aussi investies par les créateurs libanais et par les galeries d'art tandis que, simultanément, les deux quartiers devenaient les lieux d'une vie nocturne emblématique de toute l'énergie que représentait Beyrouth.

Or c'est tout cela aussi qui a été ravagé irrémédiablement par l'explosion du 4 août : la créativité et la vitalité d'un peuple incarnées par ses artistes et ses créateurs et par leur désir acharné, désespéré parfois, de continuer à exister, et à faire exister ce pays à travers l'art, la beauté et l'intelligence, et à travers un génie qui leur est propre. Pour cela, il leur aura fallu lutter dur, comme nous tous, contre la logique négative et morbide que représentent les pouvoirs politiques, leur corruption funeste et leur arrogante ignorance. Pour voir finalement tous leurs efforts, comme ceux de tant d'autres dans tous les domaines, terrassés en quelques secondes.

66

13 août

Je me suis réinstallé aujourd'hui pour la première fois à la place où je travaille habituellement, sur la terrasse, là où j'étais assis quelques secondes avant l'explosion, il y a neuf jours, quand je venais d'achever ce qui est devenu le chapitre 50 de ce livre et de tracer les premiers mots du suivant. Je ne suis pas revenu à cette table depuis que j'ai recommencé à écrire, non par superstition mais parce qu'il fait très chaud. Sauf qu'aujourd'hui, j'ai eu besoin de renouer le fil rompu du temps.

Nayla m'a dit qu'elle, en revanche, n'allait pas reprendre pour l'instant le récit de sa thérapie avec elle-même. Il y a d'autres impératifs. Elle offre toutes ses journées aux consultations urgentes, en plus de celles de ses patients habituels avec qui elle travaille sur le trauma récent. Les nouvelles demandes sont si nombreuses qu'elle croule sous le travail et me raconte que ce qu'elle entend à longueur de journée est terrible. Le désespoir et l'épuisement sont immenses, mais aussi la colère.

67

Le 8 août, une foule vraiment immense a réinvesti la très vaste place des Martyrs et ses annexes. Deux heures avant l'horaire prévu, des centaines de milliers de manifestants étaient déjà sur les lieux afin d'exprimer leur haine pour l'ensemble de la classe politique. Très vite aussi, les forces de sécurité épaulées par de douteux supplétifs obéissant aux ordres du président du Parlement ont commencé à semer le désordre en lançant grenades lacrymogènes et balles en caoutchouc. Il est de plus en plus difficile de comprendre ce que ces forces de l'ordre tentent désormais de protéger contre la foule. Elles font barrage aux manifestants au pied des locaux dévastés du quotidien *An Nahar* et devant la carcasse de l'hôtel Le Gray. Le centre-ville dont elles empêchent l'accès est entièrement en ruine, il n'y a plus un commerce ni un magasin, le parlement lui-même est en charpie. Et l'État tout entier dont elles sont les représentantes n'est plus qu'un semi-cadavre.

Le 10, le gouvernement est tombé. C'est le deuxième qui s'effondre sous les coups de la contestation et de l'insurrection, sans que l'establishment mafieux qui l'a installé, puis lâché, n'en soit très affecté.

Durant la manifestation, une de ses anciennes patientes a sauté au cou de ma femme. C'est une jeune militante très engagée. Nayla m'a raconté qu'elle était revenue de Grande-Bretagne pour fonder un comptoir de pâtisserie et une ligne d'épicerie fine, mais qu'elle avait pris la crise économique en pleine figure et avait pensé à plusieurs reprises à repartir pour l'étranger. Et puis l'explosion a détruit ses locaux. Après que nous l'avons quittée, elle est vraisemblablement restée tard le soir en première ligne avec les plus pugnaces, face aux forces de sécurité et aux voyous qui les secondent. Montée sur les épaules d'un de ses amis, au milieu des grenades lacrymogènes, des tirs, des flammes, un masque sur la figure et une écharpe sur les yeux, selon ce qu'elle a raconté à Nayla le lendemain, elle criait en direction des policiers bardés comme des bibendums : "Nous ne partirons pas de ce pays, nous resterons ici, nous serons de nouveau heureux, nous rirons de nouveau, et si les salauds que vous protégez ne partent pas, eux, nous irons boire et danser sur leurs tombes."

68

14 août

Devant les milliers de photos prises sur le port et postées sur les réseaux sociaux et les sites d'information, je me suis aperçu combien, depuis que je suis enfant, l'imposant silo à grains était pour moi, sans que je me le sois jamais formulé ainsi, un emblème de Beyrouth, davantage que la grotte aux Pigeons ou que la place des Martyrs, et à mes yeux aussi un emblème du Liban dans son ensemble presque davantage que les colonnes du temple de Jupiter à Baalbek. J'avais commencé à regarder avec intérêt cet étrange dinosaure après avoir lu, quand j'étais gosse, une série parue dans *Le Journal de Tintin* – et dont je viens de me souvenir à ma grande stupéfaction qu'elle s'intitulait *La Cité pétrifiée* et mettait en scène une ville touchée dans son ensemble par une agression incompréhensible dont seuls étaient saufs les visiteurs d'un silo. Plus tard, je m'étais servi du fascinant grenier à grains du port pour poser le décor d'un récit que je n'ai jamais publié ni même achevé. C'est au pied de ce silo que se trouvait le hangar numéro 12. Le 4 août, sa puissante masse de béton a empêché l'explosion d'irradier davantage vers l'ouest et de détruire plus violemment encore le reste de Beyrouth. En faisant écran grâce à son énorme compacité, il s'est effondré en partie, et son côté est s'est écroulé, éventré. Mais le reste, à moitié ruiné, est toujours debout, telle une bête blessée ou comme une falaise érodée par dix mille ans de vent et d'embruns, au milieu des quais.

69

16 août

À nouveau nous avons marché lui et moi jusqu'aux oliviers, puis aux mûriers. C'était un autre terrain, les herbes sèches nous arrivaient jusqu'aux genoux. Nayla et les enfants sont restés sur le bord, de crainte de rencontrer quelque reptile. La chaleur était forte, malgré un vent tiède qui passait dans les blés secs et les faisait crisser comme des crécelles. Lorsque nous avons atteint le vieux mûrier au tronc tordu comme des mains implorant le pardon, je me suis arrêté. J'ai dit au gaillard qu'avec ses herbes et malgré ses indications, je ne comprenais rien au relief de ce terrain. Il commençait à m'agacer, je lui ai dit que ses prix étaient trop élevés pour moi, et il a repris ses rengaines d'épicier sur les prix, le cash, les mètres carrés. Nayla nous a finalement rejoints, avec Saria. Nadim s'est à son tour décidé à se jeter dans les herbes comme on se jette à l'eau. Depuis quelques jours, nos enfants ne cessent de demander à sortir de Beyrouth. Saria surtout se sent suffoquer et incompréhensiblement triste. Tous les deux sont très étrangers à tout ce qui est campagnard, et j'ai eu beau vouloir depuis des années les initier et leur raconter mon enfance dans les lieux sauvages de la haute montagne, ils sont toujours restés imperméables à tout cela. Mais aujourd'hui, ils ont l'air heureux, comme si l'idée de pouvoir fuir la ville les rassurait. Pour la première fois, ils ont été confrontés, et de manière assez abrupte, à la violence de l'Histoire. Ils ne la connaissaient que par nos récits anciens et elle a fait brutalement irruption dans leur univers familier, qu'ils croyaient protégé. Le propriétaire nous a à peine questionnés sur ce que nous avions vécu. C'est moi qui lui ai demandé s'il avait de la famille à Beyrouth. Une fille, dont la maison a été un peu endommagée, a-t-il répondu, distraitement. Nous nous sommes tus subitement, et le silence immémorial s'est installé pour quelques instants. Les sommets autour de nous étaient brillants et regardaient ailleurs, indifférents à nos misères, depuis des millénaires. C'est cela que je ne suis jamais parvenu à faire comprendre à mes enfants à propos de ma fascination pour ces paysages : ce silence, cette paix immense des montagnes, comme ultimes témoins de ce que dut être le statisme éternel de la planète avant l'irruption du temps et de l'Histoire, et avant le désordre, la ruine et l'entropie que les hommes ne cessent de produire depuis qu'ils ont commencé à s'agiter sur la Terre.

70

17 août

Lorsque j'ai appris que la petite rue où habite Sarah avait été sévèrement touchée, je me suis souvenu de cette vieille amie de ma mère dont je n'ai plus de nouvelles depuis des années. Elle avait toujours habité cette rue, même si je ne savais plus si, en son très grand âge, elle y vivait encore. Le numéro fixe sur lequel j'ai essayé de l'appeler était évidemment hors d'usage et je n'avais plus le numéro d'aucune de ses filles. Je suis allé sur place, hier après-midi. L'immeuble est très endommagé, il n'y a plus de fenêtres, la cage d'ascenseur est béante, toutes les portes ont été arrachées, la rampe de l'escalier est descellée, depuis chaque palier on voit les intérieurs et, à travers les intérieurs, la rue de l'autre côté puis, au fur et à mesure que l'on s'élève, le port et enfin le ciel. Mais à chaque étage, tout a été déblayé, ordonné, rangé. Ce qui pouvait être récupéré a été mis de côté, le reste est en tas et en voie d'être évacué, grâce aux équipes de jeunes volontaires.

À l'étage de la vieille amie de ma mère, il y avait du monde. C'était une équipe d'architectes bénévoles travaillant pour une ONG, en train de recenser les dégâts dans les murs, les plafonds, la façade. Maya, une des filles de la propriétaire des lieux, était là aussi. Elle m'a rassuré sur sa mère, qui n'habite quasiment plus l'appartement parce qu'elle ne peut plus marcher, et vit chez un autre de ses enfants. Elle m'a fait visiter la maison où, après nettoyage, il est resté quelques meubles anciens dont un buffet inamovible, un lustre intact au-dessus d'une pièce vide et un canapé au milieu du salon, tourné du côté de la façade béante. Elle a ouvert le buffet dans lequel un service entier de verres en cristal était indemne.

Un des architectes m'a reconnu, il m'a dit que j'aurais bien des choses à raconter sur tout ça. Nous avons bavardé, avec ses collègues. L'un d'entre eux a déclaré avoir aperçu la veille un de ces rabatteurs dont tout le monde parle et qui discrètement passent et font des offres scélérates aux habitants démunis au nom de promoteurs et de spéculateurs pour leur racheter leurs habitations détruites. Un autre a raconté qu'un traiteur avait envoyé dès le surlendemain de l'explosion ses coursiers collecter les plats dans lesquels il avait livré la nourriture à ses clients durant les jours d'avant le drame, n'ayant sans doute d'autre crainte que l'idée de découvrir que ses soupières et ses saucières avaient été emportées avec le reste de la ville. Tandis que nous parlions, je m'étais assis avec Maya sur le canapé, devant la façade béante, face à l'espace ouvert qui tenait lieu de balcon, au-dessus de la mer et du port détruit que l'on ne pouvait cependant voir depuis l'intérieur.

À un moment donné, l'un des architectes s'est approché et m'a offert un morceau d'une tablette de chocolat, de ces chocolats industriels fourrés d'une sorte de crème aux colorants et aux parfums chimiques de fruits dont on se demande comment ils sont encore en vente depuis le temps où ils ont cessé de pouvoir rivaliser avec d'autres produits du même genre et moins mauvais. C'était ce qui restait des étals de friandises d'un petit épicier de la rue, qui travaillait à même le trottoir en attendant que sa boutique soit réutilisable. Je ne sais si le jeune architecte, qui s'excusait de n'avoir rien d'autre à nous proposer, s'est aperçu de ma trouble satisfaction, mais ces chocolats sont ceux que nous consommions quand nous étions petits, à la montagne. Il n'y en avait pas d'autres en ce temps-là, dans les villages reculés, et en croquant la fine couche qui recouvrait la crème artificielle, je savais que ça arriverait. Et c'est arrivé : j'ai revu fugacement mes étés d'enfance, les montagnes brillantes et solitaires, mes cousines et leurs amies, les courses à bicyclette, les pique-niques sous les noyers, l'eau froide de la source, les parties de Risk et les brouillards frais qui se lèvent progressivement l'après-midi.

71

18 août

Le Covid-19 a profité du fait que nous avions la tête ailleurs pour revenir à la charge. Les cas augmentent, le reconfinement, dont nul n'avait plus reparlé, guette à nouveau. Notre argent est toujours l'otage des banques, on se demande d'ailleurs s'il existe encore, nous échangeons et commerçons à coups de chèque ou de carte bancaire, ou alors avec des liasses de billets nationaux sans grande valeur. L'inflation qui, lentement, sournoisement, augmentait durant les mois précédents, nous explose maintenant à la figure. Pour ceux qui reconstruisent ou restaurent leurs maisons à leurs frais aussi bien que pour les innombrables associations qui aident les plus démunis à le faire grâce au soutien international, c'est très compliqué. L'ennemi est innombrable, et à sa tête l'oligarchie au pouvoir, ses intérêts, ses calculs et son redoutable instinct de conservation. Elle n'a pas changé d'un iota ses manières d'agir après le désastre, elle fait toujours main basse sur un État moribond et n'est nullement pressée de former un nouveau gouvernement. Nous sommes assiégés, mais de l'intérieur. *"Le régime souhaite la chute du peuple."*

72

19 août

Comme en réponse, ce matin, sur certaines façades très endommagées du quartier Mar Mikhaël où je suis passé avec Saria, des banderoles rouge et blanc ont été déployées : NOUS NE PARTIRONS PAS, NOUS RECONSTRUIRONS – WE WILL NEVER LEAVE, WE WILL REBUILD – لن نرحل سنعيد بناء بيروت

73

J'écris ces lignes assis sur la terrasse. Il fait très chaud mais une brise tiède s'est levée et souffle avec conviction. Sous la poussée de ses rafales, une canette vide roule le long de la rue tranquille, bondissant comme un cabri, dans un joyeux cliquetis, parfois sourd, parfois plus sonore, comme les clochettes d'un maigre troupeau de chèvres, et disparaît, emportée.

74

Je ne sais pas pourquoi je me suis souvenu de ce que m'a raconté Ronald Moussa, il y a trois semaines, c'est-à-dire dans une autre époque, avant l'explosion. Il dînait avec sa femme sur le port d'Amchit. Ils étaient installés à l'extrême bord de la jetée, directement sur l'eau. Il avait posé devant lui un cigare que le vent a discrètement entrepris de faire rouler, jouant tranquillement à le pousser jusqu'au bord de la table d'où il a fini par basculer. Dans un bond presque semblable à un réflexe de survie, comme il me l'a raconté en riant, au risque de plonger à son tour et comme si sa vie en dépendait, Ronald l'a rattrapé et l'a empêché de finir dans la mer.

75

Nos destins comme cette canette et ce cigare, jetés aux vents.

CETTE ROUTINE DU DÉSASTRE

Beyrouth, été 2021,
journal intermittent

7 juillet

D'un seul coup, la chose revient : touche légère, fluide, fugace, logeant discrètement quelque part dans l'espace et qui soudain, comme débusquée, se met à jouer, fait signe, disparaît quand j'y fais attention, puis revient, s'installe enfin pour bien indiquer que ce n'était pas un mirage. Je comprends alors que ça y est, je recommence à saisir les parfums, et là, en l'occurrence celui de la fleur de jasmin. Je suis si heureux, si reconnaissant, que je n'ose trop respirer, comme si je pouvais être puni et que le parfum me soit à nouveau confisqué. Mais non, il est bien là, subtil et délicat, et c'est le monde entier qui m'est restitué avec lui. À nouveau je perçois, et comme à chaque fois, ce que représente l'amputation pernicieuse de l'odorat et du goût, qui prive les choses de leur rondeur, de leur relief, de leur consistance. C'est comme si des pans entiers du réel demeuraient dans l'ombre, à portée de main, de narine, de papille, mais toujours s'échappant, frustrants, inatteignables, à l'instar d'un dessin sur lequel on n'a pas encore porté les couleurs et qui semble pour cela transparent. Jusqu'au jour où vous décidez de prendre de la cortisone, un peu, quelques grammes, parce que cela n'a rien à voir avec le Covid, c'est une rhinite chronique qui vous prive des sens olfactif et gustatif. Et voilà que, le surlendemain de la première dose, la palette des fines sensations, les merveilles subtiles font leur première apparition, comme ce parfum de jasmin ce matin, au moment où je franchissais le portail du jardin et qui m'a comme interpellé avant de se cacher puis de revenir et de s'installer en moi et hors de moi en même temps, pour me relier à nouveau au monde.

Aujourd'hui, j'ai goûté à un chocolat à la menthe poivrée, j'ai goûté à une pêche de vigne. J'ai senti le jasmin du jardin et le gardénia de la terrasse. Mais aussi la violente et industrielle odeur de mazout que dégageait la pompe du camion-citerne qui envoyait l'eau sur le toit de l'immeuble d'à côté et l'effroyable et aigre odeur d'ordures, comme celle d'une étable jamais nettoyée, qui plane parfois sur la ville, en fonction de la direction du vent.

Je ne peux m'empêcher de penser que cette odeur est celle du cadavre près duquel nous vivons, le cadavre de l'État, et d'un pays mort – en tout cas dans la forme que nous lui avons connue.

9 juillet

Depuis presque un an maintenant que l'explosion du port s'est produite, les oligarques au pouvoir n'ont toujours pas formé de gouvernement. Depuis deux ans que la crise a débuté, pas une seule réforme, pas une seule action n'a été menée, ni une décision prise. Abandonné à lui-même, le pays est à la dérive et ce qui était prévu par les pires esprits retors, par les plus pessimistes, est finalement arrivé. Il n'y a plus d'électricité du tout. Le rationnement du courant fourni par le réseau étatique s'est interrompu, et tout repose désormais sur les générateurs de quartier. Mais pour que ceux-ci fonctionnent, il leur faut du fuel, or le fuel a disparu, entraînant le rationnement de la production privée qui est devenue telle que des quartiers entiers s'éteignent progressivement. Les hôpitaux n'ont plus de fuel non plus, mais manquent aussi de médicaments, et les pharmacies sont vides. Il n'y a plus d'essence, évidemment. Les embouteillages légendaires de Beyrouth ont disparu, sauf autour des stations-services qui vendent encore du carburant au compte-goutte, et devant lesquelles les queues sont inouïes et bloquent les rues et les avenues. Nous vivons tous avec le sentiment permanent d'un désastre imminent.

La connexion internet est de plus en plus mauvaise. Il arrive parfois que, pendant une heure ou deux, il n'y ait quasiment plus de réseau.

Ogéro, la compagnie qui gère les télécommunications, a annoncé qu'elle ne pouvait plus assurer l'alimentation de ses centrales de l'Akkar et du Chouf, faute de fuel.

Les artistes, les stylistes, les designers, les cinéastes, les médecins, les psychologues, les radiologues s'en vont par centaines. Ceux qui n'ont aucune qualification essayent aussi de partir.

Pour obtenir un nouveau passeport, il faut paraît-il attendre parfois jusqu'à quinze heures dans les administrations qui travaillent à peine, faute de courant, ou parce qu'il n'y a plus de papier pour les formulaires, ni pour imprimer les documents officiels. Et aussi parce que les fonctionnaires ne viennent plus, ils n'ont plus d'essence pour cela, ou bien parce qu'ils estiment que leur salaire ne vaut plus la peine de se déplacer.

Le ministre de l'Intérieur alerte sur le nombre croissant de désertions dans la police.

12 juillet

Ce matin, assis sur la terrasse en train d'essayer de répondre par écrit à une interview et regardant discrètement mon fils, à son insu parce qu'il n'aime pas que je le lorgne ainsi, l'air songeur, je me suis demandé quel avenir il pouvait avoir dans ce pays sur lequel m'interrogeait la journaliste, et si même il y en avait un pour eux, lui et sa sœur, ici. Avec l'effondrement économique, mais aussi la ruine politique du Liban, sa défiguration non seulement écologique mais structurelle, avec la montée en puissance de forces politiques obscures, mafieuses, rétrogrades, et l'impasse d'un système entièrement miné de l'intérieur, on se demande tous les jours quel héritage nous laissons à nos enfants.

17 juillet

Le générateur de l'immeuble des Anid est tombé en panne, parce qu'ils l'ont trop sollicité. Chez les Naïm, le fournisseur du quartier a arrêté d'envoyer le courant, faute de fuel. Ma collègue Roula T. raconte sur Facebook qu'elle n'en a plus que quarante-cinq minutes quotidiennes.

Jusqu'à ce matin, j'estimais que nous avions de la chance. Notre quartier, entre Furn el-Chebbak et Badaro, est partagé entre deux fournisseurs. L'un rationnait sévèrement et semblait sur le point de cesser toute alimentation. Mais l'autre, celui qui vendait le courant à notre immeuble, résistait encore et nous alimentait régulièrement et sans problème. Ce matin, à l'aube, subitement, le ronronnement du climatiseur s'est arrêté et le silence qui l'a remplacé d'un coup a pris une signification sinistre. Je suis resté un long moment les yeux ouverts, immobile dans le lit. J'ai senti que ma femme aussi avait compris. J'ai appuyé sur l'interrupteur près du lit, mais il ne s'est rien passé.

Pour la première fois, nous ne sommes plus parvenus à allumer la gazinière, à charger les téléphones, à user du téléphone fixe, lui-même sur base électrique. Les frigos ne fonctionnent plus, et la chaleur est étouffante. Mais tout cela, bizarrement, m'a moins angoissé que cette chose inattendue, à laquelle nous n'avions pas songé avant d'y être confrontés : l'impossibilité de lever les rideaux électriques de la maison. C'est ce qui m'a le plus violemment déprimé, comme si cela représentait le symbole même du piège général et de l'obscurité dans laquelle nous sommes plongés.

Je n'ai cessé d'écrire que la crise, qui a mis un terme aux trente années de la Deuxième République libanaise – elle-même née à l'issue de quinze années de guerre civile –, était le résultat de la formidable mainmise de la caste politique sur l'État et ses rouages, de sa corruption gigantesque. Mais cette immense opération de banditisme, accompagnée par la non moins gigantesque escroquerie que s'est avéré être le système bancaire, n'ont été à la vérité que le prolongement et la conséquence fatale de cette guerre civile, puisque ceux qui ont gouverné pendant les trente années qui ont suivi le conflit sont les chefs de milices eux-mêmes – qui n'ont fait que muter en politiciens. Ils ont porté avec eux au pouvoir leur clientèle, les membres de leurs états-majors, et ont reconduit, d'abord avec l'appui de l'occupant syrien, puis seuls et sous la protection du Hezbollah, le même type de comportement que durant la guerre, un comportement mafieux, communautaire, dans le seul but de s'enrichir et d'acquérir davantage de pouvoir. Ils n'avaient aucun projet, aucune ambition de reconstruire réellement un pays, de retenir les leçons des déficiences de la Première République pour en bâtir une meilleure.

Le désastre que nous vivons aujourd'hui trouve sa lointaine origine dans la guerre civile, dont on peut dire qu'elle ne s'est pas achevée avec la fin des combats, mais qu'elle s'achèvera avec la fin même du Liban. En un certain sens, les hommes qui ont contribué à détruire le pays pendant le conflit n'en auront eu définitivement raison qu'au bout des trente ans de paix.

23 juillet

Cela fait un an que les dépôts en devise dans les banques ne sont plus accessibles. Depuis des mois, les établissements bancaires restreignent les retraits en monnaie locale. La conviction est désormais générale que l'on ne verra plus jamais notre argent. Ce qui fait que ceux qui possèdent encore des comptes, notamment en dollars, n'ont plus qu'un seul moyen de récupérer une infime partie de leurs avoirs, un moyen qui est celui qu'utilisent aussi les commerçants dans leurs échanges. Le procédé est aberrant, il consiste à émettre des chèques tirés sur les comptes bancaires et de les vendre en cash à 10 ou 15 % de leur valeur, c'est-à-dire en en perdant jusqu'à 90 %. Je ne suis pas le seul à me demander à qui ce genre de troc peut profiter et comment. C'est finalement un avocat que nous avons rencontré un soir chez les Menassa qui m'a expliqué que les trafiquants achètent les chèques à un dixième de leur valeur, puis les revendent contre du liquide, et avec un petit bénéfice, aux banques elles-mêmes, qui ensuite effacent de leurs livres la somme entière correspondant au montant du chèque. C'est le stratagème le plus sournois de *haircut** et de liquidation des comptes des clients.

Il y a une semaine, j'ai voulu moi-même vendre un chèque. Le changeur avec qui je traite habituellement s'occupe aussi de ce genre d'affaires. Comme d'autres de ses collègues, il n'ouvre plus sa boutique, mais fait le tour de ses clients. C'est devenu la coutume, depuis que l'État a décidé de punir les petits changeurs, soi-disant pour sanctionner le marché noir qu'il légalise pourtant indirectement en l'alimentant. Ce cambiste est un jeune gars râblé, bavard, bravache, l'air un peu louche, qui sautille quand il est en train de négocier ou de compter les liasses de billets. J'ai du mal à le faire asseoir lorsqu'il est au milieu de mon salon. Il est rusé en diable et passe son temps à vouloir me faire croire qu'il fait d'effroyables sacrifices pour moi et perd de l'argent en m'octroyant des taux préférentiels alors que je sais qu'il n'en est rien. Un jour, il y a quelques mois, j'ai remarqué qu'il boitait un peu. Il m'a raconté qu'il était tombé de sa mobylette. Je lui ai demandé s'il était prudent de se balader en mobylette avec des sacoches pleines de dollars et de liasses de livres libanaises. Il a répondu que c'était plus sûr qu'être en voiture, parce qu'en voiture, on pouvait vous coincer dans un embouteillage ou vous faire une queue

* Ce que l'on appelle couramment *haircut* (décote en français) dans les pays en crise bancaire et financière, comme au Liban aujourd'hui, c'est la réduction de valeur des dépôts, autrement dit le fait pour des déposants de perdre une part de leur argent afin de compenser les pertes de leur banque, pertes elles-mêmes liées à de mauvais investissements (notamment dans des bons du trésor dont la valeur s'effondre lorsque l'État est en défaut de paiement).

de poisson, et vous étiez pris au piège, alors que sur deux roues, vous êtes plus mobile et pouvez échapper à toute tentative de guet-apens. Et quant à son boitillement, il venait du fait qu'il avait embouti une portière, celle de la voiture qu'une jeune femme avait ouverte imprudemment alors qu'il arrivait comme un fou à sa gauche. Il s'était littéralement envolé et était retombé de l'autre côté, sa sacoche ne l'avait pas suivi, et pendant tout le temps où on s'enquérait de son état, où l'on voulait l'aider à se relever et où la jeune femme lui suggérait d'appeler une ambulance, il ne songeait qu'à rester calme, à faire comme si de rien n'était afin de pouvoir revenir placidement vers la carcasse de la mobylette et la sacoche bourrée de devises.

Il y a une semaine donc, j'ai voulu vendre un chèque, pour vider définitivement nos derniers comptes et pouvoir commencer les travaux sur le terrain à la montagne que nous avons acheté et dans lequel nous avions commencé à liquider nos avoirs bancaires. Au téléphone, mon changeur m'a proposé de l'acheter à 13 % de sa valeur. Le lendemain, les chèques en dollars valaient 13,5 %. Au téléphone à nouveau, le gars a ri, l'air de s'amuser de cette loterie, puis il m'a rappelé que le cours des chèques était indexé sur celui du dollar au marché noir. Et qu'à son avis, cela pouvait monter encore. Mais le soir, le chèque ne valait plus que 12 %, puis le lendemain 11,5 %. Le temps que le gars arrive chez moi et me paye sa misérable contrepartie, j'avais encore perdu un demi-point. Par amabilité, et comme pour me changer les idées, le cambiste m'a annoncé d'un air jovial qu'il allait se fiancer. Je ne voulais pas même faire mine de m'intéresser à ça, tant sa désinvolture m'agaçait. Mais il a réussi à me surprendre en me racontant que c'était avec la jeune femme qui avait ouvert sa portière et avait failli l'envoyer au diable.

La question lancinante reste celle de savoir pourquoi le peuple continue d'accepter ce qui lui arrive et pourquoi le soulèvement n'a eu aucune suite, pourquoi il a tourné court. La réponse est simple. Si la contestation dans la rue s'est arrêtée, c'est par manque de perspectives, de projets de substitution, de mots d'ordre mobilisateurs. Et c'est là le résultat de l'action de sape de la caste au pouvoir depuis trente ans, qui a systématiquement réduit à néant les syndicats, qui a noyauté toutes les corporations professionnelles pour les réduire au silence. Or ce sont ces instances-là qui peuvent mobiliser les foules, par leurs structures et leur organisation. Leur annihilation n'a laissé sur la scène et en guise de force mobilisatrice que les partis politiques confessionnels, qui sont le soutien de base de l'oligarchie. Si aucune voie n'est trouvée de la part des groupes qui se sont constitués à l'issue du soulèvement de 2019, la plupart des gens qui ont participé à ce soulèvement risquent lentement de revenir dans le giron des partis traditionnels.

Le soulèvement de 2019 et les mois qui ont suivi auront quand même jeté les bases d'un sentiment d'appartenance citoyenne chez les Libanais. L'histoire des démocraties, depuis l'époque antique et l'expérience athénienne jusqu'aux temps modernes, a montré que l'appartenance citoyenne se construit sur les décombres et à la place des appartenances claniques, tribales ou communautaires. Avec le temps, ces dernières sont censées s'effacer et disparaître. Au Liban, elles coexistent, et on a beau prétendre vouloir bâtir une appartenance citoyenne, à la moindre secousse, à la moindre peur de l'autre, au moindre incident, ce sont les anciennes appartenances, claniques, communautaires et confessionnelles, qui ressurgissent comme par réflexe, et vers elles que régresse et se réfugie le citoyen qui redevient le membre d'un clan, d'une communauté, braqué contre les membres des autres communautés au lieu de demeurer à leurs côtés comme citoyen d'un État démocratique. Ce qui est à craindre maintenant, c'est que des secousses arrivent, que les partis politiques n'en provoquent (sous forme d'incidents confessionnels notamment) pour ramener leurs ouailles dans leur giron en s'érigeant, comme d'habitude, en soutien et en rempart de leur communauté. Tous ceux qui ont participé au soulèvement de 2019 et à la construction d'une nouvelle citoyenneté reviendront vers leur clan, et donc vers les chefs politiques traditionnels – oubliant la corruption, la ruine, l'effondrement et l'explosion du port. Et tout aura été perdu.

1er août

Cela fait un mois que je n'essaye plus d'aller à la pharmacie, même pour le plus simple médicament. La première fois que ma pharmacienne m'a annoncé qu'elle n'avait plus ces cachets que je prends pour ma rhinite chronique, j'ai eu un sentiment d'effroi, d'abandon, et comme une impression d'être pris au piège, un peu comme la première fois que j'ai compris que je ne pourrais plus retirer d'argent de la banque, que mes comptes avaient désormais probablement disparu. Mais hier dans l'après-midi, mon fils a commencé à avoir mal à la gorge. Nous avons eu des sueurs froides à l'idée que ce soient les symptômes d'une angine, parce que nous nous sommes aperçus que nous n'avions pas prévu d'acheter des antibiotiques à l'avance, par précaution.

Nous sommes allés dans dix pharmacies pour essayer d'en trouver, en vain. Certains pharmaciens n'osaient pas nous regarder dans les yeux en nous répondant, d'autres avaient des airs de chien battu. L'un d'entre eux, néanmoins, a hésité brièvement. J'ai senti qu'il allait peut-être me vendre une boîte, qu'il en avait une ou deux en réserve pour les cas très urgents. Lorsque, à une de ses questions, je lui ai répondu que mon fils n'avait pas *encore* de fièvre, il a aussitôt changé d'attitude, il a feint de vérifier une fois de plus sur son ordinateur et j'ai senti que c'était raté.

Tout cela n'est rien à côté des diabétiques sans dialyses et des cancéreux sans traitements, des assurances qui ne payent plus, de la sécurité sociale en faillite définitive.

10 août

J'ai tenté ce matin d'aller jusqu'au garage pour déposer ma voiture qui fait un drôle de bruit du côté de la roue gauche. Jusqu'à Sin el-Fil, ça roulait vite, puis subitement, à partir du pont au-dessus du rond-point de Salomé, la circulation a ralenti, puis s'est arrêtée. Sur toutes les bretelles qui convergeaient, les voitures étaient à l'arrêt, ou alors avançaient au pas. J'ai compris qu'une station-service devait être ouverte quelque part. Au bout d'une demi-heure, je n'avais fait que quitter le pont, c'est-à-dire que je n'avais pas avancé de cent mètres. Au bout d'encore une demi-heure, j'ai décidé de rebrousser chemin, je suis revenu tant bien que mal vers le rond-point de Salomé mais c'était pareil. Pendant cinquante minutes de plus, j'ai roulé au pas et bientôt sont apparues les premières queues, les files immenses de voitures à l'arrêt, en attente, qui causaient les goulots d'étranglement paralysant la circulation. Les conducteurs étaient là depuis des heures, sous le soleil. Certains laissaient leur voiture et allaient s'asseoir à l'ombre, ou faisaient entre eux la causette. Il paraît que certaines queues se forment dès le milieu de la nuit. Les conducteurs prennent une place, laissent leur véhicule et reviennent au petit matin. Après avoir longé deux cents, trois cents, quatre cents véhicules en attente, j'ai fini par atteindre le niveau de la station d'essence, puis par la dépasser, et la circulation est redevenue fluide.

Ces stations-services sont devenues les lieux les plus haïs du pays, mais vers quoi tout le désir d'une population converge aujourd'hui. Au sein de chacun de ces cœurs noirs d'un monde en faillite, une foule immense se presse : innombrables employés, courtiers, intermédiaires, militaires chargés de faire régner un semblant de discipline, centaines de petites mobylettes de livreurs qui ne sont pas tenus de respecter les queues et qui s'agglutinent autour des bornes. Au milieu de cette cohue, les conducteurs dont c'est le tour de faire le plein avancent difficilement. La tension est palpable à cause des possesseurs de passe-droit, des conducteurs excédés, des services d'ordre fatigués, et cela crée comme une aura d'agitation fébrile et de trépidations pleines d'augures sinistres.

12 août

Le chiffonnier passe, toujours à la même heure, en répétant sa chanson incompréhensible, ces syllabes qu'il ne sépare pas les unes des autres et qui deviennent comme une mélopée ne lui servant qu'à signaler sa venue. Il passe sous ma terrasse et s'arrête un peu plus loin, au pied de l'immeuble d'à côté, devant lequel, sur le trottoir, quatre ou cinq bonshommes du voisinage, retraités pour la plupart, se réunissent quotidiennement et discutent durant leurs après-midi en buvant le café que l'un d'entre eux descend de sa cuisine sur un plateau en étain, la cafetière fumante entourée d'une ribambelle de petites tasses. Ils sont assis sur des chaises en plastique et devisent avec assurance de tout. Il y en a un ou deux qui semblent plus doctes que les autres, l'un d'entre eux fume invariablement un cigare bon marché qui lui donne de l'assurance. Ils parlent de la situation économique évidemment, des pénuries, du rationnement du courant, du prix de l'essence au marché noir. Progressivement ils remontent aux explications de tout ça, à la politique, aux rapports des forces internationales, aux Américains, aux

Russes, aux Iraniens, aux Chinois, qui, de concert, travaillent à notre perte pour faire triompher leurs intérêts. Et puis ils en arrivent bien entendu aux chefs locaux, grands manipulateurs des événements à leur profit, et dont ces petites gens admettent les méfaits comme s'il s'agissait d'une fatalité, d'un fait de nature, dont on cause comme d'un tremblement de terre, ou d'une éruption volcanique, ou d'autres calamités. Ceux-là n'ont sans doute jamais participé à la moindre manifestation, au temps du soulèvement de 2019.

Le chiffonnier arrête sa voiture à bras entre deux automobiles garées puis s'approche prudemment du petit cercle des causeurs. Il est coutumier de ce colloque de trottoir, auquel il assiste à chaque passage. Il doit sûrement être convaincu lui aussi qu'il est l'otage des desseins incompréhensibles des grands de ce temps. Et lui aussi doit considérer l'incompétence et la corruption des dirigeants du pays comme une fatalité. Il reste ainsi cinq à dix minutes, adossé à sa charrette sur laquelle trônent une vieille machine à laver et le cadre en fer rouillé d'une fenêtre. Puis il croise les jambes, le torse ondulant légèrement, les bras le long du corps, dans la posture d'une statue grecque.

17 août

Hariri, le Premier ministre désigné, s'est récusé sans avoir réussi à former un cabinet. Il avait fallu des mois à l'oligarchie pour l'installer à cette place, alors qu'il avait été bouté dehors par le soulèvement du 17 octobre. Mikati, son successeur, nommé alors qu'il était déjà à ce poste l'année où le funeste bateau chargé de sa cargaison de nitrate d'ammonium est entré dans le port de Beyrouth, n'y arrive pas non plus. Le président Aoun met des bâtons dans les roues de tout le monde, ils se disputent les hautes fonctions, chacun veut sa part de ce qui reste, comme les charognards se disputent un cadavre, sous la bonne garde de la milice armée.

Le coiffeur de ma femme ne cesse de ruminer jour et nuit les problèmes liés à l'essence. C'est devenu une obsession chez lui, il passe son temps à essayer de trouver des stratagèmes pour remplir son réservoir et celui de la voiture de son épouse. Il est tout le temps en train de chercher des vendeurs au marché noir, il envoie des messages pour annoncer qu'il a découvert une station qui vend du carburant à condition de venir tard le soir et qu'il est prêt à aider pour ça, ou bien il raconte ses propres prouesses dans les queues, comment il réussit à positionner sa voiture en tête de file au milieu de la nuit et comment, en revenant à l'aube, il est le premier à faire le plein. Nayla a fini par m'expliquer que cette occupation obsessionnelle est un mécanisme de défense qui le distrait d'angoisses plus graves, sans doute liées à la crise, et notamment la baisse drastique de son niveau de vie, son anxiété devant la grossesse de sa femme en cette période difficile où l'on a du mal à trouver du lait pour les nourrissons, et ses hésitations devant les offres d'emploi dans les pays du Golfe qui le pousseraient à devoir quitter son épouse et donc à ne pas voir grandir son enfant.

21 août

J'ai remarqué que les marchands de quatre-saisons ne passaient plus. Jusqu'à il y a un mois, il y en avait un qui venait dans la rue en poussant lourdement sa voiturette surchargée. Il avait une voix de stentor, contrairement au chiffonnier, il articulait superbement bien et, pour vanter ses tomates, ses oranges ou ses noix, il avait un petit distique, une image et une rime, qu'il chantait en modulant la fin de chaque couplet. Le spectacle de ses montagnes rutilantes de fruits était irrésistible. Lorsqu'on l'interpellait d'un balcon, il s'arrêtait net, tirait sur sa voiture pour la freiner, mais elle l'entraînait, il s'étalait presque à l'horizontale entre ses roues, les muscles tendus, tirait encore et finissait par la maîtriser. Je lui achetais toujours quelque chose, n'importe quoi, pour la joie de le voir œuvrer sur sa vieille balance, poser les poids, les échanger avec des gestes que ses prédécesseurs pratiquaient déjà quand j'étais gamin, ce qui me laissait à chaque fois l'impression d'assister à quelque chose de l'immémoriale activité humaine.

Ce matin, en rentrant d'une course, à ma grande satisfaction, je l'ai trouvé de retour, la voiturette stationnée sous le grand bougainvillier et lui plongé dans son téléphone. La marchandise n'était pas aussi rutilante, il y avait moins de fruits, et les caisses étaient moins remplies. Je l'ai sorti de son absorption dans son smartphone en lui demandant si les nouvelles étaient bonnes. Après m'avoir salué d'un grand sourire, il a répondu que non, que son père était mort en Turquie, et j'ai alors appris qu'il était d'un village de la région de Raqqa, que toute sa famille et ses frères étaient en Turquie, dans un camp de réfugiés, qu'ils ne pouvaient rentrer chez eux parce qu'un de ses frères avait brièvement combattu contre le régime. À cause de ça, leurs champs d'oliviers avaient sans doute été brûlés par les soldats, ainsi que leur maison. Il m'a montré sur le téléphone des images filmées par un de ses cousins et où l'on voit des arbres calcinés. Je lui ai demandé comment allait son travail, ici, avec la crise. Il a répondu que tout était devenu si cher que ce n'était plus tenable, que la clientèle se faisait rare, et qu'il ne pouvait plus même payer la location de la voiturette. Au bout d'un moment, il a déclaré qu'il avait eu le projet de partir, mais que s'il quittait le Liban il ne pourrait plus y revenir. J'ai senti qu'il allait en dire plus, j'ai attendu, mais il n'a rien ajouté.

La semaine dernière, Ronald m'a raconté que l'ouvrier agricole qu'il emploie à la montagne s'était préparé depuis des mois à partir, lui aussi, qu'il avait pris contact avec des passeurs à Tripoli, et qu'il avait eu des plans pour aller à Chypre, puis de là en Grèce, puis en Allemagne. L'inflation a réduit son salaire à presque rien, malgré toutes les augmentations et les coups de pouce qu'il reçoit qui sont systématiquement annulés par la hausse des prix. Il n'arrive même plus à mettre de côté ce qu'il lui faut pour payer les passeurs. Il a finalement renoncé au départ.

En discutant avec mon marchand de quatre-saisons, ce matin, j'ai fugacement pensé qu'il devait être dans le même cas. Mais je n'ai rien dit, pour ne pas l'embarrasser. Pendant que nous parlions, je sentais avec jubilation l'odeur des bottes de menthe fraîche qu'il avait dans un grand sac. Cette odeur est une de celles qui disparaissent en premier quand ma rhinite revient. Avant de poursuivre mon chemin, j'ai quand même voulu acheter quelque chose, et j'ai opté pour des reines-claudes. Elles étaient belles mais à un prix invraisemblable. Pour m'encourager, le marchand m'en a fait goûter une. J'ai eu peur de ne rien sentir en mordant dans le fruit, j'ai attendu une seconde et le goût musqué, sucré et puissant s'est répandu dans ma bouche, comme un délicat miracle.

23 août

Le gardien de notre immeuble et sa femme ont demandé à me parler. Ils se sont installés dans notre salon, mal à l'aise, et ont fini par me faire part de leurs angoisses. Ils subissent les contrecoups de la crise depuis le début, sans trop se plaindre. Mais cela devient intenable. L'existence est devenue excessivement chère comparée à ce qu'ils touchent mensuellement et ils pensent repartir dans leur pays, au Sri Lanka. Le problème, c'est que leur projet de vie consistait à travailler dur ici pour acheter chez eux, au sud de Colombo, un petit terrain afin d'y construire une maison pour leurs enfants qu'ils ont laissés là-bas et pour s'assurer un toit sous lequel passer leurs vieux jours. Pour cela, ils se sont endettés auprès d'une banque du Sri Lanka, mais depuis un an, ils ne parviennent plus à payer la toute petite traite de cent dollars mensuels. C'est devenu l'équivalent de leur salaire, et cela ne leur suffit même plus pour leur quotidien. Leur angoisse est donc de devoir revendre ce terrain, et que tous leurs efforts pendant les dix dernières années aient été vains. Ce drame est semblable à celui de milliers d'autres travailleurs immigrés, aides ménagères, gardiens, jardiniers pris au piège de la crise libanaise. On a du mal à se rendre compte que l'effondrement du Liban pose d'inextricables difficultés à des familles installées à l'autre bout du monde, au sud de Colombo, à Dacca, Katmandou ou dans les environs d'Addis-Abeba.

La litanie continue, désespérante : l'hôpital public de Beyrouth a annoncé n'avoir plus que pour quatre jours de fuel. Le syndicat des minotiers avertit que les moulins ne pourront bientôt plus fonctionner. La société des Eaux de Beyrouth et du Mont-Liban prévient qu'elle va commencer un rationnement drastique de la distribution d'eau.

27 août

Cette routine du désastre, cette sensation d'avoir tout intériorisé et de vivre dans le spectacle de la décomposition, dans la sensation de notre propre érosion interne, épuisante, et qui finit elle-même par se normaliser

1er septembre

“Il faut tenter de vivre”, disait le poète. C’est devenu notre activité principale. Chacun à sa manière, chacun en fonction de ses moyens. Nous sortons encore, nous allons à la montagne, dans les jardins de nos amis, ou bien le soir, à Beyrouth, dans les maisons qui ont été soufflées par l’explosion puis qui ont été refaites, et où nous parlons de la crise, rien que de la crise, malgré le vin, les rires. Avant-hier soir, nous avons dîné chez Sélim Mouzannar et sa femme. Nous étions une dizaine de convives, autour de Karim Ben Cheikh, le consul général de France, dont la mission s’achevait le lendemain. La conversation a longuement tourné sur les prochaines élections, si elles ont lieu, sur la stratégie à suivre pour réussir à constituer des listes unies de tous les mouvements de l’opposition au pouvoir. Mais nous avons aussi parlé d’Oman, où va s’installer Karim parce que sa femme y a été nommée ambassadrice. Un ancien ministre de la Culture a évoqué des histoires de ce pays, et de l’époque où ses fonctions l’y menaient souvent. De temps à autre, Sélim se levait pour s’installer au piano au milieu de son grand salon blanc. Et puis à un moment, quelqu’un a raconté l'histoire des trois ours, qu'on avait trouvés abandonnés à eux-mêmes, enfermés dans des cages, mal nourris, et en souffrance psychologique, sans doute la possession d'un petit zoo ou d'un amateur. Les membres d'une association internationale sont venus les chercher. Ils les ont nourris, soignés, puis portés dans de grandes civières avec l'aide de volontaires étrangers, et sortis enfin de l'enfer où ils étaient confinés. Vers 22 heures, le consul est parti parce qu'il devait aller accueillir son successeur à l'aéroport, et nous a fait promettre de l'attendre. Nous sommes alors sortis dans le jardin, et à 23 heures, le consul est revenu, accompagné contre toute attente de son successeur et son épouse. Durant le reste de la soirée, je n'ai pas cessé de me demander comment ces deux personnes ont interprété le spectacle de cette petite assemblée réunie dans un jardin délicieux, fumant et buvant des vins de France devant la façade illuminée d'une maison et dans le prolongement du marbre blanc de son sol, alors qu'ils venaient de traverser la ville obscure, les rues sinistres comme des puits.

Nous pouvions certes donner l'impression d'être comme ces nobles romains des derniers jours de l'empire, qui vivaient dans la feinte inconscience de leur sort probable, indifférents au délitement du monde et à l'incompréhension de ce que serait celui qui allait le remplacer – à l'instar d'Apronenia Avitia et de ses amis. Mais à la vérité, ce n'est pas ça. Nous ne sommes plus, pour la première fois de notre histoire, dans le déni. C'est peut-être plutôt une manière de gérer notre impuissance face à l'indifférence de ceux qui laissent les choses aller vers la ruine complète. Ou alors c'est du défi face à l'effondrement, une manière de résister, encore.

Sur la rue Badaro, certains soirs, c'est sans doute le même état d'esprit. Les pubs sont pleins à craquer, l'ambiance est presque festive, les clients que les cafés n'arrivent plus à absorber se retrouvent sur les trottoirs, dans l'obscurité. Et les rires, les exclamations et les conversations bruyantes semblent défier la noirceur de la nuit sans éclairage urbain.

Au milieu, parfois, se forme déjà la queue des automobiles qui attendent l'ouverture possible, le lendemain, de la station d'essence. Les fêtards s'y adossent en discutant, un verre à la main.

3 septembre

Je suis allé à pied chercher ma fille qui passait la soirée avec une amie dans un de ces pubs. Il fait trop sombre et les rues sont trop désertes pour qu'on la laisse rentrer seule. En revenant, nous sommes passés devant les bars animés et éclairés, mais dont les premières tables sur le trottoir semblaient installées au bord des ténèbres, tant la coupure est nette entre la lumière des cafés et le noir épais de la rue. Quand une voiture passe, ses phares projettent pendant quelques secondes un bal d'ombres gigantesques et de formes fantomatiques de tous côtés sur les façades.

Au bord de l'avenue Sami el-Solh, j'ai indiqué à Saria le ciel, dont la pureté et le scintillement étaient dus à l'obscurité de la ville, comme si nous étions à la campagne. Elle a sorti son téléphone et nous avons cherché à identifier les constellations grâce à une application qui permet de les voir se dessiner sur l'écran de l'appareil dressé vers le cosmos.

En traversant l'avenue déserte, nous avons croisé deux individus singuliers et inquiétants, l'un très grand et l'autre plus petit, trapu, boitant légèrement et tenant un bâton à la main, comme un berger. Ils sont passés sans nous regarder, comme s'ils étaient absorbés par quelque chose en eux. Et ma fille a eu la même bizarre impression que moi, à savoir que ces deux-là n'étaient pas à leur place ici, que nous avions peut-être croisé deux personnages d'une autre dimension, sortis d'un conte ou d'une projection des terreurs et des féeries de la nuit profonde.

Hier, sur la même avenue, vers midi, j'ai vu arriver une mobylette comme il y en a des milliers en ville désormais. Son conducteur avait son casque non sur la tête mais accroché au guidon. Alors qu'il arrivait vers moi, le casque a lâché et s'est mis à rouler aussi, dans la même direction, parallèlement à son propriétaire comme un petit chien joyeux, brinquebalant sur le macadam, mais si vite qu'il semblait faire la course à côté du motard et l'a même doublé au moment où ils passaient tous les deux devant moi.

Il y a quelques jours, une benne à ordures municipale roulait seule, dans une rue en pente. Courtoise, prévenante dans sa course, après une série d'étranges loopings, évitant les voitures garées, elle est allée heurter le bord d'un trottoir avant de se renverser, sans avoir rien abîmé.

TABLE

OUVRAGE RÉALISÉ
PAR L'ATELIER GRAPHIQUE ACTES SUD
ACHEVÉ D'IMPRIMER
EN MARS 2022
PAR NORMANDIE ROTO IMPRESSION S.A.S.
À LONRAI
POUR LE COMPTE DES ÉDITIONS
ACTES SUD
LE MÉJAN
PLACE NINA-BERBEROVA
13200 ARLES

DÉPÔT LÉGAL
1re ÉDITION : AVRIL 2022

N° impr. : 2200371

(Imprimé en France)